DU MÊME AUTEUR

Aux Éditions Gallimard

CRIMES

Du monde entier

FERDINAND VON SCHIRACH

COUPABLES

nouvelles

*Traduit de l'allemand
par Pierre Malherbet*

GALLIMARD

Titre original :

S C H U L D

© *Piper Verlag GmbH, Munich, 2010.*
© *Éditions Gallimard, 2012, pour la traduction française.*

Les choses sont ce qu'elles sont.
ARISTOTE

FÊTE COMMUNALE

Ce premier août était une journée trop chaude, même pour la saison. La petite ville célébrait son six centième anniversaire, ça sentait les amandes grillées et la barbe à papa — une fumée de viande grasse en train de rôtir collait aux cheveux. Il y avait là tous les stands que l'on trouve d'habitude sur les foires : on avait monté un manège, on pouvait faire de l'autotamponneuse et tirer à la carabine. Les anciens disaient du temps qu'il était « royal » et parlaient de « canicule ».

C'était des hommes ordinaires exerçant des métiers ordinaires : représentant en assurances, concessionnaire automobile ou ouvrier — rien à leur reprocher. La plupart d'entre eux étaient mariés ; ils avaient des enfants, payaient leurs impôts et leurs crédits, regardaient le 20-heures. C'était des hommes tout à fait normaux et nul n'aurait imaginé qu'une telle chose pût arriver.

Ils jouaient dans une fanfare. Rien d'exceptionnel, non, une fanfare sans prétention ; Miss Vendanges, club de tir, bal des pompiers. Un jour, ils avaient même été chez le président du Land; ils avaient joué dans les jardins avant d'en venir à la bière fraîche et aux petites saucisses. Si l'édile ne figurait pas sur la photo souvenir accrochée dans les locaux de l'association, un article de journal sous verre attestait de tout.

Installés sur l'estrade, ils portaient perruques et barbes postiches. Leurs épouses les avaient maquillés de poudre blanche et de fard rouge. Aujourd'hui, ça devait avoir l'air majestueux; «en l'honneur de la commune», avait dit le maire. Et pourtant... ça n'avait rien de majestueux. Ils suaient devant le rideau noir, ils avaient trop bu. Leurs chemises collaient au corps, ça empestait la sueur et l'alcool — à leurs pieds, des verres vides jonchaient le sol. Ils jouaient cependant. Et qu'ils fassent une fausse note n'avait pas la moindre importance parce que l'assistance, elle aussi, biberonnait. Entre deux morceaux, on applaudissait et on buvait de la bière fraîche. Pendant les pauses, un animateur passait des disques. Le public dansait malgré la chaleur, les planches de bois devant l'estrade rendaient alors de la poussière. Puis les musiciens passèrent de l'autre côté du rideau — pour boire.

La jeune fille avait dix-sept ans — il lui fallait encore prévenir ses parents lorsqu'elle souhaitait dormir chez son ami; pendant les grandes vacances, elle projetait de traverser l'Europe en sa compagnie. Dans un an, le bac — puis médecine à Berlin ou à Munich; elle s'en réjouissait. Elle était belle, son visage radieux, ses yeux bleus, on prenait plaisir à la regarder et elle riait pendant son service. Les pourboires étaient conséquents.

Il faisait si chaud qu'elle ne portait qu'un T-shirt blanc sur son jeans, des lunettes de soleil et un bandeau vert pour maintenir ses cheveux en arrière. L'un des musiciens passa devant le rideau, lui fit un signe et montra le verre qu'il tenait. Elle traversa la piste de danse et gravit les quatre degrés de l'estrade, portant le plateau en équilibre — à vrai dire, il était trop lourd pour ses mains menues. Elle trouva que l'homme avait un drôle d'air à cause de sa perruque et de ses joues blanches. Elle se souviendrait de son sourire, de ses dents dont le jaune était accentué par la pâleur du visage. Il entrouvrit le rideau et la fit aller vers les autres musiciens, assis sur deux bancs pliants; ils avaient soif. Un bref instant, le blanc de son T-shirt étincela singulièrement dans la lumière du soleil, ce dont son ami était friand lorsqu'elle le portait. Puis elle glissa. Elle culbuta en arrière, ne se fit pas mal, mais la bière renversée rendit transparent son T-shirt — elle ne portait pas de soutien-gorge. Parce qu'elle s'en trouvait gênée, elle se prit à rire. Puis elle regarda ces hommes qui, d'un coup, en eurent la chique coupée et la reluquèrent. Tout commença avec la main que lui tendit le premier d'entre eux. De nouveau, on avait fermé le rideau, les enceintes crachaient un tube de Michael Jackson — le mouvement rythmé du bassin des hommes épousa alors le tempo de la piste de danse; plus tard, nul ne serait en mesure d'expliquer quoi que ce soit.

La police arriva trop tard. Ils n'avaient pas cru l'homme de la cabine téléphonique. Il avait affirmé être de la fanfare, n'avait pas communiqué son nom. Le policier qui avait pris l'appel en fit part à ses collègues — tous crurent à une blague. Seul le benjamin s'était dit qu'il fallait jeter un coup d'œil, il avait traversé la rue pour gagner la place où avaient lieu les festivités.

Sous la scène, il faisait sombre et humide. Elle était allongée là, nue, dans la boue, ruisselante de sperme, ruisselante d'urine, ruisselante de sang. Elle ne pouvait parler et ne bougeait pas. Deux côtes, son bras gauche et son nez étaient cassés, éclats de verres et de cannettes de bière brisés avaient taillé son dos et ses bras. Après que les hommes en eurent fini, ils avaient soulevé une planche et l'avaient jetée sous l'estrade. Ils avaient uriné sur la jeune fille alors qu'elle était étendue là, sous eux. Puis ils étaient retournés sur le devant de la scène. Tandis que les policiers la tiraient des immondices, ils interprétaient une polka.

*

«La défense est un combat, un combat pour les droits des accusés.» Cette phrase était issue d'un petit livre à la couverture en plastique rouge, un petit livre qu'autrefois j'avais toujours sur moi. C'était le «livre de poche de l'avocat». Je venais de passer mon second examen et étais inscrit au Barreau depuis quelques semaines. Je croyais en cette phrase. Je croyais en saisir le sens.

Un camarade d'études m'appela et me demanda si je souhaitais représenter l'un des accusés de cette affaire, deux avocats manquaient encore. Bien sûr que je voulais! C'était mon premier dossier d'envergure, les journaux en

faisaient des gorges chaudes — ma nouvelle vie commen-
cerait alors, croyais-je.

Au cours d'une procédure pénale, personne n'est tenu
de prouver son innocence. Nul ne doit parler pour se
défendre, il appartient au ministère public de produire
des preuves. Et c'est sur ce point que reposait notre stra-
tégie : tous, ils devaient garder le silence. Inutile d'en faire
davantage.

Depuis peu, les tribunaux recouraient à des analyses
ADN. À l'hôpital, les fonctionnaires de police avaient
placé les vêtements de la jeune fille en sûreté, dans un sac-
poubelle bleu. Ils le chargèrent dans le coffre du véhicule
de patrouille pour le transporter à l'institut médico-légal.
Ils pensaient avoir fait ce qu'il fallait. Le véhicule était
resté garé en plein soleil, pendant des heures et, en raison
de la chaleur, champignons et bactéries s'étaient développés sous le film plastique du sac, altérant ainsi les traces
d'ADN — si bien que personne ne fut en mesure de les
exploiter.

Les médecins, en secourant la jeune fille, détruisirent les
ultimes preuves. Elle reposait sur la table d'opération, on
l'avait entièrement lavée. Les traces laissées par les agresseurs dans son vagin, dans son anus et sur tout son corps
furent réduites à néant ; personne ne pensait à autre chose
qu'aux soins urgents qu'exigeait son état. Bien plus tard, les
policiers et le médecin légiste de la grande ville essayèrent
de retrouver des résidus de l'intervention. À trois heures
du matin, ils y renoncèrent. Ils prirent place dans la cantine de l'hôpital, assis devant des tasses gris clair, remplies

de café-filtre froid. Fatigués, ils étaient bredouilles. Une infirmière les invita à regagner leurs domiciles.

La jeune fille était dans l'impossibilité de nommer ses agresseurs, elle ne pouvait identifier aucun des hommes ; sous leurs perruques et leur fond de teint, ils se ressemblaient tous. Au cours de la confrontation elle n'avait pas souhaité les regarder et, lorsque enfin elle s'y résolut, elle ne put reconnaître aucun d'eux. Si personne ne savait lequel de ces hommes avait appelé la police, il était cependant certain qu'il était de la fanfare. Pour chacun, il fallait partir du principe qu'il pouvait être celui qui avait téléphoné. Huit étaient coupables, un seul était innocent.

*

Il était maigre. Visage anguleux, lunettes à monture dorée, menton proéminent. Autrefois, fumer dans les cellules de la maison d'arrêt était encore autorisé ; il grillait cigarette sur cigarette. Lorsqu'il parlait, de la salive se formait à la commissure de ses lèvres — il l'essuyait avec son mouchoir. Lors de notre première rencontre, il était enfermé depuis dix jours. Ni lui ni moi ne nous étions déjà trouvés dans une telle situation. Avec force détails, je lui précisai ses droits et les rapports qu'entretiennent l'avocat et son client ; mon manque de confiance était la cause de cet exposé académique. Il me parla de sa femme et de ses deux enfants, de son travail et, enfin, de la fête communale. Il me dit qu'il avait fait trop chaud ce jour-là et qu'ils avaient trop bu. Qu'il ignorait pourquoi ç'avait eu lieu. « Il avait fait trop chaud » fut tout ce qu'il dit. Jamais je ne lui ai demandé s'il y avait pris part, je ne voulais pas le savoir.

Les avocats logeaient dans l'hôtel situé sur la place du marché municipal. Dans la salle de restaurant, nous discutions des dossiers. Il y avait des photos de la jeune fille, de son corps meurtri, de son visage tuméfié. Je n'avais jamais rien vu de tel. Ses dépositions confuses interdisaient d'avoir une idée claire de ce qu'il s'était passé. À chaque page du dossier, on pouvait ressentir la colère ; la colère des policiers, la colère du procureur, la colère des médecins. Ça n'était d'aucune aide.

Au milieu de la nuit, retentit la sonnerie du téléphone de ma chambre. Je n'entendais que la respiration de mon correspondant — il ne parlait pas. Ce n'était pas une erreur. Je l'écoutai jusqu'à ce qu'il raccrochât. Ce fut long.

*

Le tribunal cantonal était situé sur la place de l'hôtel ; un bâtiment de style classique flanqué d'un petit perron — un bâtiment dédié à la grandeur de l'État de droit. La ville, peuplée de marchands et de vignerons, était renommée pour ses celliers — en somme, une contrée heureuse, épargnée par les nombreuses guerres. Tout, ici, respirait la dignité et la probité. On avait arrangé des géraniums sur le rebord des fenêtres du tribunal.

Le juge nous convoqua dans son bureau les uns après les autres. Je portais ma robe — j'ignorais qu'on ne la portait pas en de telles occasions. Lors du contrôle de la régularité et de la légalité de la détention, je parlai trop, comme l'on parle lorsqu'on est jeune, persuadé que parler vaut mieux que de se taire. Le juge ne regardait que mon client, je ne crois pas qu'il m'ait écouté. Mais entre cet homme et le juge, c'est autre chose qui se jouait, quelque chose de bien plus ancien que notre code de procédure pénale, une accusation sans aucun rapport avec les lois écrites. Après que j'en eus fini, le juge redemanda à l'homme s'il voulait garder le silence. Il s'adressa à lui d'une voix basse et monocorde, en repliant ses lunettes de vue, puis il attendit. Bien que connaissant la réponse, le juge posa la question. Et, nous tous, dans la froide salle des pas perdus, nous savions que la procédure n'irait pas plus loin et que la culpabilité était une tout autre chose.

Plus tard, dans le couloir, nous attendions la décision du juge d'instruction. Nous étions neuf avocats, mon camarade et moi-même étions les plus jeunes. Tous deux, nous portions un costume neuf pour l'occasion. À l'instar des autres avocats, nous badinions ; la situation ne devait pas nous émouvoir et, maintenant, je faisais partie de tout cela. Au bout du couloir, un agent appuyé contre le mur ; gros et las, il nous méprisait.

L'après-midi, le juge leva les mandats, il déclara que les preuves étaient insuffisantes, que les accusés n'avaient pas lâché un mot. Il lut l'arrêt, la feuille sous les yeux, bien qu'elle ne contînt que deux phrases. Puis le silence se fit. La défense avait correctement travaillé mais, pour l'heure, j'ignorais si je devais me lever — jusqu'à ce que la greffière me tendît l'ordonnance de non-lieu. Après quoi, nous quittâmes la salle. Le juge n'avait pu prendre de meilleure décision. Le couloir sentait le linoléum et les vieux dossiers.

Les hommes furent acquittés. Par une porte dérobée, ils rejoignirent leurs femmes et leurs enfants — ils retournèrent à leur vie d'avant, continuèrent à payer leurs impôts et leurs crédits, à envoyer leur progéniture à l'école et aucun d'eux ne revint sur cette affaire. Seule la fanfare fut dissoute. Jamais il n'y eut de procès.

Devant le tribunal cantonal, le père de la jeune fille, debout, au milieu de l'escalier; lorsque nous passâmes à ses côtés, aucun de nous ne l'effleura. Il nous regarda, les yeux rougis d'avoir pleuré, un visage bienveillant. En face, sur la mairie, était encore placardée l'affiche de la fête communale. Les avocats les plus âgés s'adressaient aux journalistes, les micros scintillaient comme des poissons au soleil — dans leurs dos, le père s'assit sur les marches du tribunal et plongea la tête dans ses bras.

*

Après le contrôle de la régularité et de la légalité de la détention, mon camarade et moi-même nous rendîmes à la gare. Nous aurions pu discuter de la victoire remportée par la défense, du Rhin qui coulait en contrebas des voies ou de bien d'autres choses. Pourtant, assis sur les banquettes de bois dont la peinture s'écaillait, ni lui ni moi n'avions le cœur à deviser. Nous savions que nous avions perdu notre innocence et que, au fond, cela importait peu. Une fois dans le train, nous avons continué à nous taire, dans nos

costumes neufs, à côté de nos porte-documents à peine uti-
lisés. Sur le trajet du retour, nous songions à la jeune fille
et à ces hommes respectables — nous n'échangeâmes pas
un seul regard. Nous étions devenus adultes. En descen-
dant du train, nous savions que, plus jamais ! les choses ne
seraient simples.

A.D.N.

À M.R.

Nina avait dix-sept ans. Elle était assise face à la station de métro «Jardin zoologique» — à ses pieds, un gobelet en carton rempli de quelques pièces. Il faisait froid, la neige ne fondait pas. Même si elle ne s'était pas imaginé les choses de cette manière, c'était toujours mieux qu'auparavant. Voilà deux mois qu'elle n'avait pas téléphoné à sa mère — la dernière fois, son beau-père avait décroché. Il avait pleuré, l'avait priée de revenir. D'un coup, tout avait refait surface: son odeur de sueur et de vieil homme, ses mains velues. Elle avait alors raccroché.

Son nouveau compagnon, Thomas, vivait aussi à la station. Il avait vingt-quatre ans et prenait soin d'elle. Ils buvaient beaucoup, des trucs forts, qui réchauffaient et permettaient de tout oublier. Lorsque l'homme vint à elle, elle pensa qu'il s'agissait d'un client. Elle ne se prostituait pas, se mettait donc en colère chaque fois qu'un homme lui demandait combien elle prenait. Un jour, elle avait craché au visage de l'un deux.

Le vieil homme l'invita à venir chez lui. Il avait un

appartement où il faisait chaud, il assura qu'il ne voulait pas de sexe. Qu'il souhaitait juste ne pas rester seul pour Noël. Il avait l'air réglo, faisait dans les soixante à soixante-cinq ans : un épais manteau, des chaussures lustrées. C'était toujours les chaussures qu'elle regardait en premier. Elle était frigorifiée.

« Seulement si mon copain peut venir, dit-elle.

— Bien sûr », répondit l'homme. Il trouvait même que ce serait mieux ainsi.

Plus tard, assis dans la cuisine de l'inconnu devant du café et des gâteaux, il lui demanda si elle voulait prendre un bain, ajoutant que ça lui ferait du bien. Elle hésita mais, après tout, Thomas était là. « Rien ne peut m'arriver », pensa-t-elle. La porte de la salle de bains ne fermait pas à clef.

Elle était allongée dans la baignoire. L'eau était chaude, les huiles de bain sentaient la poire et la lavande. Elle ne le remarqua pas tout de suite. Il avait fermé la porte derrière lui, avait baissé son pantalon et se masturbait. « Ce n'est pas bien méchant », assura-t-il, esquissant un sourire gêné. Elle entendait la télévision de la pièce voisine. Elle cria. Thomas ouvrit la porte violemment, la poignée heurta l'homme au niveau des reins. Il en perdit l'équilibre et bascula par-dessus le rebord de la baignoire — la partie supérieure de son corps dans l'eau, à côté de Nina, la tête sur son ventre. Elle se débattit, releva les genoux, voulait sortir, partir, loin de lui. Elle heurta le nez de l'homme, du sang coulait dans le bain. Thomas l'attrapa par les cheveux et maintint sa tête sous l'eau. Nina criait encore. Debout dans la baignoire, nue, elle aidait Thomas en appuyant sur la nuque de l'homme. Elle trouva le temps long. Enfin, il avait cessé de bouger. Elle vit les poils sur ses fesses et, du poing, martelait son dos.

« Le porc, dit Thomas.

— Le porc », reprit-elle.

Ils n'ajoutèrent rien de plus, gagnèrent la cuisine et essayèrent de réfléchir. Nina s'était enroulée dans une serviette, ils fumaient et ne savaient que faire.

Thomas devait récupérer les affaires de Nina dans la salle de bains. Le corps de l'homme avait glissé sur le sol, gênant ainsi l'ouverture de la porte.

« Tu sais qu'on peut sortir la porte de ses gonds, rien qu'avec un tournevis? dit-il dans la cuisine en lui tendant ses affaires.

— Non, je savais pas.

— Sinon, ils pourront jamais le tirer d'ici.

— Ils le feront?

— Il y a pas d'autre moyen.

— Il est mort?

— Je crois bien, dit-il.

— Tu dois y retourner. Mon porte-monnaie et ma carte d'identité sont encore à l'intérieur. »

Il fouilla le domicile et dénicha 8 500 deutschemarks dans un tiroir du bureau. « Pour tante Margret », lisait-on sur l'enveloppe. Une fois effacées leurs empreintes digitales, ils quittèrent l'appartement. Ils ne furent pas assez prompts ; la voisine, une dame d'un certain âge aux épaisses lunettes, les aperçut dans l'allée.

Ils regagnèrent leur station en métro. Plus tard, ils étaient attablés dans un snack.

« C'était horrible, dit Nina.

— L'idiot, répondit Thomas.

— Je t'aime, dit-elle.

— Oui.

— Quoi ? Toi aussi, tu m'aimes ?

— Il y a que lui qui a fait quelque chose ? demanda Thomas en la fixant du regard.

— Oui. Qu'est-ce que tu crois ? »

D'un coup, elle eut peur.

« Est-ce que t'as fait quelque chose, toi ?

— Non, j'ai crié. Quel vieux porc, dit-elle.

— Rien du tout ?

— Non, rien du tout.

— Ce sera dur », conclut-il après une pause.

Une semaine avait passé lorsqu'ils virent l'affiche sur une colonne de la station. L'homme était mort. Un policier du commissariat de la gare connaissait les deux jeunes gens. Il avait pensé que la description faite par la voisine pouvait leur correspondre. Ils furent arrêtés. La vieille dame n'était pas bien sûre de ce qu'elle avait avancé. On préleva des fibres sur leurs vêtements, les fonctionnaires les comparèrent avec celles trouvées dans l'appartement du mort. Le résultat ne fut pas probant. L'homme était connu pour être un client de prostituées, à deux reprises déjà, il avait été condamné pour attentat à la pudeur avec violence et agression sexuelle sur mineurs. Ils furent relâchés. L'affaire ne fut pas élucidée.

*

Ils n'avaient pas fait le moindre faux pas. Pendant dix-neuf ans, ils n'avaient pas fait le moindre faux pas. Avec l'argent du mort, ils avaient loué un appartement, plus tard ils avaient emménagé dans une maison mitoyenne. Ils ne buvaient plus. Nina était vendeuse dans un supermarché, Thomas magasinier chez un grossiste. Ils s'étaient mariés. L'année suivante, ils eurent un garçon, celle d'après, une fille. Ils s'en sortaient, tout se passait bien. Un jour, il fut pris dans une rixe sur son lieu de travail, il ne se défendit pas, ce qu'elle comprit parfaitement.

À la mort de sa mère, elle rechuta. De nouveau, elle fumait de la marijuana. Thomas la retrouva à la station, comme auparavant. Ils s'assirent quelques heures, ensemble, sur un banc du jardin zoologique. Puis ils rentrèrent chez eux. Elle posa sa tête dans son giron. Elle n'avait plus besoin de ça. Ils avaient des amis et d'étroits contacts avec la vieille tante de Thomas à Hanovre. Les enfants réussissaient à l'école.

*

Avec les progrès de la science, on put soumettre les cigarettes trouvées dans le cendrier du mort à des tests A.D.N. Tous ceux qui, jadis, avaient été suspectés furent conviés à des examens médicaux. Le courrier arborant un blason et l'inscription «Direction générale de la police berlinoise» avait l'air menaçant — un papier fin dans une enveloppe verte. Deux jours durant, la lettre resta sur la table de la cuisine avant qu'ils puissent en parler. Il devait en être ainsi, ils se rendirent alors à la convocation, rien de plus qu'un coton-tige dans la bouche, ça n'était pas douloureux.

Une semaine plus tard, ils furent arrêtés.

« C'est mieux pour vous », leur dit le commissaire principal. Il ne faisait que son travail. Ils passèrent aux aveux, pensant que ça ne leur serait pas préjudiciable. Lorsque Thomas me téléphona, il était déjà trop tard. S'ils avaient gardé le silence, la Cour n'aurait sans doute pu exclure la thèse de l'accident.

*

Six semaines s'écoulèrent. Ils furent alors remis en liberté dans l'attente de leur procès. Le juge d'instruction avait souligné le caractère exceptionnel de cette affaire dans la mesure où, entre-temps, les accusés s'étaient parfaitement intégrés à la société. Certes, ils étaient les principaux suspects, à coup sûr ils seraient condamnés — cependant ils ne risquaient pas de prendre la fuite.

*

On ne put déterminer d'où ils tenaient le pistolet. Il la visa au cœur avant de se tirer une balle dans la tempe. Tous deux moururent sur le coup. Un chien les trouva le lendemain. Ils reposaient au bord du lac Wannsee, l'un contre l'autre, à l'abri d'un trou de sable. Ils n'avaient pas voulu le faire dans l'appartement. Deux mois auparavant, ils en avaient refait la tapisserie.

LES ILLUMINATI

L'ordre des Illuminati a été créé le 1ᵉʳ mai 1776 par Adam Weishaupt, professeur de droit canonique à l'université d'Ingolstadt. Seuls les étudiants jésuites pouvaient alors accéder aux bibliothèques : Weishaupt voulait que ça change. Le professeur n'avait aucun don pour l'organisation, peut-être était-il simplement trop jeune du haut de ses vingt-huit ans. En 1780, un franc-maçon du nom d'Adolph von Knigge prit la tête de la société secrète. Knigge connaissait son affaire, l'ordre prit de l'ampleur puis, en raison de ses sympathies pour les Lumières, il représenta une menace pour la Couronne. Considéré comme nuisible à l'État, il fut interdit du jour au lendemain. Par la suite, nombre de théories furent échafaudées. Comme Adam Weishaupt avait un faux air de ressemblance avec George Washington, on affirma que les Illuminati auraient assassiné le président des États-Unis, qu'ils l'auraient remplacé par Weishaupt — l'Aigle héraldique à tête blanche en serait une preuve. Et parce que les théories du complot ont toujours eu le vent en poupe, d'un coup, tout le monde appartenait à l'ordre : Galilée, Lilith (la divinité de Babylone), Lucifer et, pour finir, les Jésuites eux-mêmes.

En réalité, Weishaupt s'éteignit en 1830, à Gotha. L'histoire de l'ordre s'est arrêtée avec son interdiction promulguée en 1784 par le pouvoir — seule une petite plaque commémorative dans la zone piétonnière d'Ingolstadt demeure.

D'aucuns jugent que c'est insuffisant.

*

À six ans, lorsque Henry entra à l'école primaire, les choses commencèrent à mal tourner. Le cornet de sucreries et de fournitures scolaires qu'on lui avait offert pour la rentrée était en feutre rouge, des étoiles et un magicien portant barbe pointue l'ornaient. Le cornet à l'anse de papier vert était lourd, Henry l'avait porté tout seul depuis qu'ils avaient quitté la maison. Puis il s'était pris dans la poignée de la porte de la classe, ce qui l'avait défoncé. Henry était assis à sa place, il regardait son cornet, puis celui des autres, et lorsque la maîtresse lui demanda son nom, il ne sut que répondre ; il se mit à pleurer. Il pleurait à cause du cornet défoncé, il pleurait à cause de tous ces inconnus, à cause de la maîtresse qui portait une jupe rouge et parce qu'il s'était imaginé qu'il en irait autrement. Le garçon à ses côtés se leva pour se trouver un autre voisin. Jusqu'alors, Henry avait cru que le monde lui appartenait ; parfois, de crainte que les objets ne changent de place dans son dos, il lui arrivait de faire une brusque volte-face afin de les surprendre. Maintenant, plus jamais il ne le ferait. Il avait oublié le reste de l'heure de cours mais, plus tard, il serait persuadé que, ce jour-là, sa vie avait pris un cap qu'il ne pourrait plus infléchir.

Les parents d'Henry avaient de l'ambition. Jamais personne n'avait vu son père arpenter la petite ville sans cravate ni chaussures cirées. Contraint par ses origines à fournir de gros efforts, il était devenu directeur adjoint de la compagnie d'électricité et membre du conseil municipal. Quant à sa femme, elle était la fille du plus important exploitant agricole de la région. Et parce que le père n'avait que son brevet des collèges, il aspirait à mieux pour son fils. Il se faisait une fausse idée des écoles privées — il n'avait pas confiance en l'enseignement public. C'est ainsi que ses parents décidèrent de conduire Henry dans un internat d'Allemagne du Sud.

*

Une allée de marronniers conduisait à l'ancien monastère du seizième siècle. L'association en charge de l'internat avait acheté les locaux voilà soixante ans — il avait bonne réputation ; industriels, hauts fonctionnaires, médecins et avocats y envoyaient leur progéniture. Le directeur de l'internat, un gros homme avec un cache-nez et une veste verte, accueillait les familles à l'entrée. Henry se plaça derrière le directeur et ses parents en pleine discussion — il vit les renforts en cuir sur les coudes de l'homme, et les cheveux roux sur sa nuque. La voix de son père s'était faite plus douce qu'à l'accoutumée. D'autres enfants venaient dans leur direction, l'un d'eux adressa un signe de tête à Henry qui ne voulut pas le lui rendre — il regarda le mur.

Le directeur leur montra la chambre qu'occuperait Henry pour l'année à venir, chambre qu'il partagerait avec huit autres élèves. Les lits étaient disposés dans des cabines en bois avec, devant chacune d'elles, un rideau de toile. L'homme dit à Henry qu'à partir de maintenant, c'était «son domaine», qu'il pouvait y accrocher des posters avec du scotch. Il disait cela pour se montrer sympathique. Puis il lui donna une tape sur l'épaule. Henry ne comprit pas ce que ça signifiait, les mains de l'étranger étaient dodues et molles. Enfin, il s'en retourna.

Sa mère mit de l'ordre dans son armoire. À Henry, tout était étranger ; la literie n'avait rien à voir avec celle de chez lui, les bruits avaient d'autres sonorités. Henry espérait encore que tout cela était une erreur.

Son père s'ennuyait, il s'assit à côté d'Henry, sur le lit ; tous les deux, ils regardaient sa mère déballer les trois valises. Elle parlait sans interruption, disait qu'elle aurait bien voulu être en internat, qu'elle avait aimé les camps de vacances de sa jeunesse. Cette logorrhée fatigua Henry. Il s'allongea à la tête du lit et ferma les yeux. À son réveil, rien n'avait changé.

Un camarade fit son apparition et leur dit qu'il avait reçu pour mission de «faire visiter les parents». Ils virent deux salles de classe, le réfectoire, la kitchenette, tout datait des années soixante-dix, les meubles étaient arrondis à leurs arêtes, les lampes orange, l'endroit était confortable, rien ne laissait penser que l'on se trouvait dans un monastère. Sa mère était particulièrement enthousiaste et Henry savait à quel point leur guide la trouvait bête. À la fin de la visite, son père lui tendit deux euros. C'était trop peu, la mère d'Henry appela l'élève et lui redonna de l'argent. Le garçon s'inclina, il tenait les pièces dans le creux de sa main. Il regardait Henry qui songeait que la partie était déjà perdue.

Au bout d'un moment, son père dit qu'il était tard, qu'ils avaient encore un long trajet à faire. Lorsqu'ils descendirent l'allée en voiture, Henry vit sa mère se retourner et lui adresser un signe de main. Il voyait son visage à travers la vitre, il la voyait s'entretenir avec son père, sa bouche rouge remuait sans un son, sans s'arrêter, puis, d'un coup, il comprit que ça ne lui était plus destiné. Il garda ses mains au fond des poches. La voiture se fit de plus en plus petite jusqu'à ce qu'il lui fût impossible de la distinguer des ombres de l'allée.

Il avait alors douze ans et il savait que tout cela arrivait trop tôt, que c'était trop sérieux.

*

L'internat était un monde particulier, plus resserré, plus intense et sans compromis. Il y avait les sportifs, les intellectuels, les fanfarons et les champions. Et il y avait ceux auxquels on ne prêtait pas attention, ceux qui passaient inaperçus. Personne ne décidait par lui-même à quelle catégorie il appartenait, les autres jugeaient et, dans la majorité des cas, le jugement était sans appel. Les filles auraient pu le contrebalancer mais elles n'étaient pas de la partie, leur vote faisait défaut.

Henry appartenait à ceux qu'on ne remarquait pas. Il ne disait pas ce qu'il fallait, ni ne portait les vêtements qu'il fallait — il était mauvais en sport et, même en jeux vidéo, il ne faisait pas l'affaire. Personne n'attendait quoi que ce soit de lui, il suivait — jamais il n'y avait eu de plaisanteries à son propos. Il faisait partie de ceux qu'on ne reconnaîtrait pas, plus tard, lors des réunions d'anciens. Henry se fit un ami, un garçon aux mains moites. L'un des élèves qui partageait sa chambre, grand lecteur de romans de *fantasy*. Au réfectoire, ils étaient assis à la table servie en dernier. Lors des sorties de classe, ils restaient entre eux. Ils ne s'en tiraient pas trop mal mais lorsque Henry se réveillait en pleine nuit, il sentait que quelque chose lui manquait.

Il était un élève médiocre. Malgré les efforts qu'il fournissait, il restait médiocre. À quatorze ans, il eut de l'acné — tout alla de mal en pis. Les filles qu'il rencontrait dans sa petite ville, pendant les vacances, ne voulaient pas entendre parler de lui. Les après-midi d'été où ils pédalaient jusqu'au lac artificiel, c'est lui qui devait payer glaces et boissons pour avoir le droit de s'asseoir avec elles. Afin de pouvoir se le permettre, il dérobait de l'argent dans le porte-monnaie maternel. Malgré cela, les filles en embrassaient d'autres — il ne lui restait rien de plus que ce qu'il s'imaginait en secret, la nuit tombée.

Une seule fois, ce fut différent ; elle était la plus belle de la clique. Ça se passa pendant les vacances d'été, il venait d'avoir quinze ans. Elle l'avait prié de venir, l'avait formulé aussi simplement que ça. Il l'avait suivie dans l'étroite cabine de bain, une remise en bois, sur le rivage, sans fenêtre ; du bric-à-brac et un petit banc. Elle s'était dévêtue devant lui, dans une semi-obscurité ; il n'avait qu'à s'asseoir et ouvrir sa braguette, lui avait-elle dit. La lumière qui passait entre les planches hachurait son corps; il ne voyait d'elle que sa bouche, sa poitrine, son pubis, il voyait la poussière en l'air et humait les vieux matelas pneumatiques sous le banc — les voix des autres lui parvenaient depuis le lac. Elle s'agenouilla devant lui et le caressa, ses mains étaient froides, la lumière tombait sur sa bouche, sur ses dents trop blanches. Il sentait son souffle sur son visage et, d'un coup, il prit peur. Il suait dans la pièce sombre, il regardait ses mains refermées sur son pénis, les veines qui les parcouraient. Un extrait du livre de biologie lui revint: «au cours d'une vie, les doigts d'une main s'ouvrent et se ferment vingt-deux millions de fois», était-il écrit. Il voulait toucher sa poitrine — il n'osa pas. Puis il eut une crampe dans le mollet et, lorsqu'il jouit, parce qu'il lui fallait dire quelque chose, il déclara: «Je t'aime.» En un éclair elle fut debout et se retourna, son ventre souillé de sperme, elle renfila son bikini, courbée en deux, à la va-vite, ouvrit la porte et, encore dans l'encadrement, se tourna vers lui. Il put alors voir ses yeux; s'y reflétaient de la pitié, du dégoût et autre chose qu'il ne connaissait pas encore. Elle susurra: «Je suis désolée», avant de claquer la porte puis de courir vers les autres — elle avait disparu. Longtemps encore il resta assis dans l'obscurité. Lorsqu'ils se revirent le lendemain matin, elle se trouvait parmi ses copines. Elle dit à voix haute, afin que toutes puissent entendre, qu'il ne devait pas les regarder avec cet air bête, qu'elle n'avait que perdu un pari et que «hier» en était le gage. Et parce qu'il était jeune et vulnérable, le cap qu'avait pris sa vie se marqua d'autant plus.

*

Alors qu'il était en neuvième, une nouvelle enseignante
fit son arrivée à l'internat ; elle enseignait les arts plastiques,
ce qui métamorphosa la vie d'Henry du jour au lendemain.
Jusqu'alors, l'école lui avait été indifférente, c'est volontiers qu'il aurait fait autre chose. Pendant les vacances, il
avait eu l'occasion d'effectuer un stage dans une usine de
décolletage vers chez lui — il y serait resté volontiers. Le
parcours bien réglé des pièces, le rythme invariable des
machines, les sempiternelles discussions de la cantine, tout
cela lui avait plu. Il appréciait le maître de stage qui répondait à ses questions de manière monosyllabique.

Avec la nouvelle enseignante, tout changea. Auparavant,
jamais Henry ne s'était intéressé à l'art. Dans la maison de
ses parents, quelques dessins aux murs, des reproductions
pour touristes, faites à la va-vite — achetées par son père
à des marchands ambulants lors de son voyage de noces à
Paris. Le seul original, accroché dans sa chambre d'enfant,
au-dessus du lit, venait du grand-père d'Henry. On y voyait
un paysage d'été en Prusse-Orientale. Henry en ressentait
toute la chaleur et la solitude — il soupçonnait avec un
goût sûr, un goût qu'il n'aurait pas dû avoir, qu'il s'agissait
d'une belle toile. À l'internat il avait dessiné pour son ami
des personnages tirés de ses romans d'*heroic fantasy*, des
scènes de nains, d'orques et d'elfes — Henry les représen-
tait de telle façon que le résultat en était plus vivant que la
langue même des livres.

L'enseignante était d'origine alsacienne. Elle allait sur
soixante-cinq ans. Elle portait des costumes noir et blanc.
Sa lèvre supérieure trahissait un léger tremblement lors-

qu'elle parlait d'art, rendant alors faiblement perceptible son léger accent français.

Comme toujours au début de l'année scolaire, elle avait fait dessiner à ses classes une scène de leurs vacances. L'après-midi, elle feuilletait les travaux des élèves pour voir ce que cela donnait. Elle tirait les travaux un par un du carton à dessins, en fumant, ce qu'elle ne faisait que chez elle. De temps en temps, elle prenait des notes. Puis vint le tour de la feuille d'Henry; un simple dessin, seulement quelques traits au crayon à papier — sa mère qui le récupérait à la gare. En classe, elle n'avait jamais remarqué le jeune garçon mais, là, ses mains se mirent à trembler. Elle comprenait son dessin, c'était l'évidence même. Elle vit les luttes, les blessures et la peur et, d'un coup, elle vit le jeune garçon en personne. Le soir venu, elle écrivit deux phrases dans son journal à la date du jour : *Henry P. est l'élève le plus doué que j'aie jamais vu. Le plus beau cadeau de toute ma vie.*

*

Ils le surprirent peu de temps avant les vacances de Noël.

Dans les années soixante-dix, une piscine avait été construite à proximité du monastère. Il y faisait chaud, ça sentait le chlore et le plastique. Les élèves se changeaient dans le vestiaire attenant. Henry s'était cogné la main sur le bord du bassin et fut autorisé à sortir avant les autres. Quelques minutes plus tard, un autre garçon alla chercher sa montre pour chronométrer le temps que l'on pouvait

passer sous l'eau. En entrant dans le vestiaire, il surprit
Henry en train de dérober de l'argent dans les pantalons
de ses camarades, de le compter avant de l'empocher. Il
l'observa pendant plusieurs minutes, l'eau gouttait sur le
sol carrelé. Au bout d'un moment, Henry le remarqua et
l'entendit dire : « Salaud ! » Henry vit la flaque d'eau sous
le garçon, son maillot de bain vert et blanc, ses cheveux
mouillés qui lui tombaient sur le visage. Subitement, le
monde se figea, il vit une goutte d'eau chuter au ralenti,
sa surface était parfaitement lisse, la lumière des néons
du plafond se brisait sur elle. Lorsqu'elle rencontra le sol,
Henry fit ce que jamais il n'aurait dû faire, ce que personne
ne serait en mesure d'expliquer par la suite : il s'agenouilla.
D'en haut, l'autre garçon sourit et répéta : « Salaud ! Tu vas
payer pour ce que t'as fait ! » Puis il regagna le bassin.

*

Le jeune garçon appartenait à un groupuscule de l'internat qui, secrètement, se nommait les Illuminati. Au cours
des vacances d'été il avait lu un livre sur les ordres déchus,
sur les Templiers et les Illuminati. Il avait seize ans et
cherchait des réponses au monde qui l'entourait. Il passa
le livre aux autres — quelques mois plus tard, ils étaient
au fait de toutes les théories. Tous les trois, ils s'entrete-
naient du Saint Graal et des conjurations internationales,
ils se retrouvaient la nuit, cherchaient des signes dans le
monastère et, pour finir, trouvèrent les symboles qu'ils
voulaient bien voir. Les ombres produites par les arches
des fenêtres sur le coup de midi avaient l'air de penta-
grammes — sur la peinture représentant le père fondateur

du monastère, ils découvrirent un hibou, le symbole des Illuminati, et ils crurent voir une pyramide au-dessus de l'horloge. Ils prirent tout cela au sérieux — comme ils n'en parlaient avec personne, les choses revêtirent un sens qu'elles n'avaient pas. Ils commandèrent des livres sur Internet, ils fréquentaient d'innombrables forums et, peu à peu, ils se persuadèrent de ce qu'ils disaient.

Lorsqu'ils en arrivèrent à l'exorcisme, ils se mirent en quête d'une victime qu'ils pourraient laver de ses péchés et dont ils feraient leur disciple. Bien plus tard, après que tout fut terminé, on trouva dans leurs armoires et dans les coffres de leurs lits plus de quatre cents livres sur les procès de l'Inquisition, les rites sataniques, les communautés secrètes, l'autoflagellation. Quant à leurs disques durs, ils regorgeaient de sorcières que l'on torturait et de pornographie sadique. Ils pensaient qu'une fille serait idéale et ils discutaient de ce qu'ils pourraient lui faire subir. Avec l'incident de la piscine, ils en décidèrent autrement.

*

L'enseignante ne brusquait pas Henry. Elle le laissait dessiner ce qu'il souhaitait. Puis elle lui montra des images, lui expliqua l'anatomie, la perspective et la composition. Henry manifestait un grand appétit pour tout cela, rien ne lui semblait trop compliqué. Chaque semaine, il attendait impatiemment les deux heures d'arts plastiques. Lorsqu'il en sut davantage, il sortit avec son carnet de dessins. Il dessinait ce qui l'entourait; il voyait plus de choses que les autres. L'enseignante ne parla de lui qu'au directeur de l'établissement. Ils décidèrent de laisser Henry grandir sous la tutelle de l'école tant il paraissait encore fragile. Il commença à comprendre les reproductions des livres d'art et, peu à peu, il pressentait que d'autres l'avaient précédé dans cette voie.

*

Les premières semaines, ils l'humilièrent sans avoir échafaudé de plan. Il devait lustrer leurs chaussures et leur acheter des friandises au village. Henry faisait ce qu'ils lui ordonnaient. Pour carnaval, chaque année, les élèves avaient trois jours de congé — dans la plupart des cas, l'éloignement rendait impossible un retour au domicile familial. Ils s'ennuyaient. Pour Henry, les choses empirèrent. À côté du monastère se trouvait un autre bâtiment. Du temps où il y avait encore des moines, il abritait l'abattoir ; deux pièces, carrelage jaune jusqu'au plafond. Le bâtiment était inoccupé depuis des lustres ; demeuraient cependant les vieux billots de découpe et les rigoles dans le sol — pour l'écoulement du sang.

Il lui fallait s'asseoir nu sur une chaise tandis que les trois garçons tournaient autour de lui, criant qu'il était un porc, un voleur et un traître à leur communauté, que c'était une ordure, qu'il était hideux. Ils causaient sur son acné et son pénis. Ils le battaient avec des serviettes mouillées, il n'était autorisé à se déplacer qu'à genoux, ou à ramper sur le ventre, tout en répétant, encore et encore : « Grands sont les péchés que j'ai commis. » Ils le forçaient à rentrer dans un tonneau de viande en fer, en battaient le métal jusqu'à ce qu'il fût presque sourd et se demandaient ce qu'ils allaient bien pouvoir faire de ce misérable porc. Ils cessaient leur manège peu de temps avant le souper. Ils se montraient alors sympathiques à son égard, lui disaient de se rhabiller et qu'ils continueraient le week-end prochain mais, pour l'heure, ils ne devaient pas être en retard pour le dîner.

Ce soir-là, l'un d'eux écrivit une lettre à sa famille, il raconta comment s'était déroulée sa semaine, qu'il était pressé d'être en vacances, donna ses notes en anglais et en maths. Quant aux deux autres, ils jouèrent au foot.

Après le repas, Henry s'en retourna au vieil abattoir. Il resta dans la pénombre sans savoir précisément ce qu'il attendait. Il voyait les lampadaires à travers les fenêtres, il songeait à sa mère, à ce jour où il avait mangé du chocolat dans la voiture et qu'il en avait barbouillé les sièges. Lorsqu'elle l'avait découvert, elle avait juré. Il avait alors astiqué la voiture tout l'après-midi, pas seulement les sièges mais également l'extérieur, y compris les pneus qu'il avait frottés avec une brosse, jusqu'à ce qu'étincelât le véhicule et que son père le félicitât. Puis, d'un coup, il se dévêtit — il s'allongea à même le sol, écarta les bras et ressentit le froid des dalles jusque dans les os. Il ferma les yeux et n'entendit plus que sa propre respiration. Henry était heureux.

*

… est monté aux cieux, est assis à la droite de Dieu le père tout-puissant, d'où il viendra juger les vivants et les morts…

Ainsi l'affirmait la liturgie du vendredi saint à laquelle devaient assister les internes dans l'église du village. La chapelle Sainte-Marie des origines avait laissé place à l'église baroque d'aujourd'hui, chargée d'or, de faux marbre, d'anges et de madones.

Depuis longtemps, Henry avait dessiné tout ce qu'offrait ce lieu — aujourd'hui il ne voyait rien. Il tripotait le papier dans sa poche — y était inscrit : *Hodie te illuminatum inauguramus* ; « Aujourd'hui, nous t'ordonnons Illuminati. » Il avait tant attendu cet instant ! À ses yeux, le papier était lourd de sens ; il l'avait trouvé ce matin, sur sa table de nuit. Sous le texte en latin on pouvait lire : « 20 heures, aux vieux abattoirs. »

… pardonne-nous nos offenses…

« Oui, pensa-t-il, aujourd'hui, mes offenses seront pardonnées. » Il respira si fort que quelques garçons se retournèrent vers lui. Ils en étaient déjà au « Notre-Père », la liturgie toucherait à sa fin d'un instant à l'autre. « Mes offenses seront pardonnées », dit-il à mi-voix en fermant les yeux.

*

Henry était nu. Il dut passer lui-même le nœud coulant autour de son cou. Les autres portaient des frocs noirs qu'ils avaient trouvés dans une armoire oubliée dans les combles, des habits de moine rêches, des cilices, des haires en poils de chèvre que plus personne ne portait depuis belle lurette. Ils avaient allumé des bougies dont la lumière se reflétait dans les fenêtres scellées. Si Henry ne pouvait reconnaître les visages des jeunes garçons, il remarquait chaque détail : il voyait l'étoffe des frocs, il distinguait jusqu'au fil avec lequel les boutons avaient été cousus, il voyait les dormants en pierre rouge des fenêtres, le verrou qui tombait de la porte, la poussière sur les marches, la rouille sur la barrière des escaliers.

Ils lui lièrent les mains dans le dos. Avec de la peinture à l'eau dérobée en cours d'arts plastiques, un des garçons traça un pentagramme rouge sur la poitrine d'Henry, un symbole pour conjurer le mal, ainsi qu'il l'avait vu sur une gravure. Au moyen du vieux treuil fixé à un crochet au plafond, ils tendirent la corde qu'Henry avait autour du cou. Henry touchait à peine le sol de la pointe des pieds. Un des garçons lut à haute voix le *Grand Exorcisme*, rédigé en 1614 en latin dans le rituel romain; des directives papales sur la marche à suivre dans de tels cas. Ses paroles résonnaient dans la grande salle, personne ne les comprenait. Sous le coup de l'émotion, la voix du garçon capota. Tous, ils croyaient dur comme fer l'absoudre de ses péchés.

Henry n'avait pas froid. Cette fois, cette fois seulement, il avait fait tout ce qu'il fallait. Ils ne pouvaient plus le rejeter. Un des garçons frappa, il avait fabriqué le fouet lui-même, il avait fait des nœuds dans les lanières de cuir. Le coup n'était pas fort mais Henry perdit pied. La corde était en chanvre, elle lui tranchait la gorge et l'empêchait de respirer, il trébucha, ses orteils ne trouvaient plus le sol. Henry eut une érection.

Une personne pendue lentement s'asphyxie. Au cours de la première phase, la corde entaille la peau, veines et artères de la gorge sont obstruées, le visage se colore de bleu-violet. Le cerveau ne reçoit plus d'oxygène, au bout d'une dizaine de secondes la conscience vacille et, si la ventilation n'est pas totalement coupée, ça dure plus longtemps. À la phase suivante, environ une minute, les muscles de l'appareil respiratoire se contractent, la langue sort de la bouche, l'os hyoïde et le larynx sont affectés. Ensuite apparaissent les convulsions, intenses et incontrôlables ; bras et jambes ont huit à dix spasmes, souvent les muscles de la gorge se déchirent. Puis, d'un coup, le pendu recouvre un air calme, il a cessé de respirer — après une à deux minutes débute la dernière phase ; à ce stade, la mort ne peut presque plus être évitée. La bouche s'ouvre, le corps recherche de l'air, d'uniques et suffocantes bouffées, pas plus de dix par minute. Du sang peut s'écouler de la bouche, du nez et des oreilles, le visage est alors bouffi, le ventricule droit se dilate. Au bout d'une dizaine de minutes, c'est la mort. Il n'est pas rare que les pendus aient des érections ; au quinzième siècle, on croyait que la mandragore, une solanacée, poussait sur le sperme des pendus.

Mais les jeunes garçons ignoraient tout du corps humain. Ils ne comprenaient pas qu'Henry était en train de mourir, ils croyaient que les coups l'excitaient. Le garçon au fouet se mit en colère, il frappa plus fort et cria quelque chose qu'Henry n'était plus en mesure de comprendre. Il ne ressentait aucune douleur. Il pensait au chevreuil heurté par une voiture qu'il avait trouvé en bordure d'un chemin vicinal lorsqu'il était encore enfant. Gisant dans la neige et le sang, l'animal avait tourné la tête pour regarder Henry qui avait voulu le caresser. Aujourd'hui, il était l'un d'eux. Il avait expié ses péchés, il ne serait plus jamais seul, il était purifié et, enfin ! il était libre.

*

L'itinéraire entre la maison de l'enseignante et l'unique station-service du village passait entre le monastère et le vieil abattoir. Elle allait y acheter des cigarettes à bicyclette. Elle vit la lumière des bougies dans l'abattoir. Elle savait que personne ne devait s'y trouver. Sa vie entière, elle avait surveillé des élèves, les avait éduqués, et c'était probablement cette responsabilité qui la fit s'arrêter et gravir les cinq degrés qui menaient à l'intérieur. Elle poussa la porte. Elle vit les bougies, elle vit Henry, nu, la verge gonflée, à moitié pendu par le nœud coulant et elle vit les trois garçons en habit monacal — l'un d'eux tenait un fouet. Elle cria, recula d'un demi-pas, manqua la marche, perdit l'équilibre — son cou heurta l'arête du dernier degré. Elle se rompit les cervicales et mourut sur-le-champ.

La corde autour du cou d'Henry était accrochée à une chaîne en fer qui gagnait le treuil en passant par une poulie suspendue au plafond. Lorsqu'il entendit l'enseignante crier, le garçon lâcha la chaîne, libérant la corde ; Henry tomba par terre. La lourde chaîne coula à toute vitesse dans la poulie, elle arracha le crépi du plafond ; la violence de sa chute brisa une dalle à côté de la tête d'Henry. Alors que les garçons couraient chercher de l'aide à l'internat, Henry resta étendu — puis il resserra doucement les jambes, se mit à respirer et, en ouvrant les yeux, il aperçut le sac à main renversé de l'enseignante, dans l'entrée.

*

Le directeur de l'internat m'avait appelé par l'entremise de l'avocat de l'école. Il m'expliqua ce qu'il s'était passé ; je devais représenter les intérêts de l'internat. Il savait que l'enseignante entretenait un rapport particulier avec Henry, plus étroit qu'avec d'autres élèves. Bien qu'il lui eût toujours fait confiance, il craignait que sa mort pût être en lien avec cette relation.

À mon arrivée à l'internat, cinq jours après les événements, accéder au vieil abattoir était toujours interdit par des bandes rouge et blanc. La procureur en charge de l'instruction m'informa que les autorités n'avaient aucune raison de soupçonner l'enseignante — les policiers de la criminelle avaient mis la main sur son journal intime. J'exerçai mon droit de consultation du dossier, je le lus dans ma chambre d'hôtel.

On y avait versé les images trouvées par les enquêteurs dans l'armoire d'Henry. Il avait tout consigné, des lavis nerveux sur des centaines de pages ; on y voyait chaque humiliation — chaque humiliation et une grande volupté. Ces images constitueraient la preuve principale au cours du procès ; personne ne pourrait nier quoi que ce soit. Sur aucun des dessins n'apparaissait l'enseignante ; sans aucun doute, sa mort était un malheureux accident. Je ne pus parler à Henry ; il avait été reconduit chez lui — le procès-verbal d'interrogatoire comptait tout de même cinquante pages et je m'entretins de longues heures avec son ami.

À la fin de la semaine, je fus en mesure de rassurer le directeur de l'internat. Les parents d'Henry n'avaient pas l'intention d'attaquer l'établissement, ils ne tenaient pas à ce que l'histoire de leur fils fût dévoilée au grand jour. Le Parquet ne comptait pas traîner la direction de l'internat devant la justice, la procédure pénale contre les jeunes gens ne serait pas rendue publique ; ils avaient alors dix-sept ans, les débats porteraient sur leur propre responsabilité. C'en était fini de mon rôle dans cette affaire.

Un avocat de mes amis qui défendit l'un des jeunes hommes me confia plus tard que, tous, ils étaient passés aux aveux, que chacun fut condamné à une peine de trois ans pour mineurs. Le décès de l'enseignante ne leur fut pas imputé.

*

Quelques années après les événements, alors que je me trouvais dans la région, j'appelai le directeur de l'internat. Il me convia à boire un café au monastère. Le vieil abattoir avait été rasé — un parking l'avait remplacé. Henry n'était pas retourné à l'internat. Longtemps, il avait été malade ; il travaillait maintenant dans l'usine de décolletage où il avait effectué son stage de découverte. Plus jamais il n'avait dessiné.

Le soir venu, je roulai sur la même allée que celle empruntée par les parents d'Henry voilà des années, le jour de la rentrée. Lorsque je vis le chien, il était trop tard. Mon coup de frein fit déraper la voiture qui se retrouva à la perpendiculaire de l'allée recouverte de petits graviers. C'était un gigantesque chien noir. Il prenait son temps pour traverser ; pas une seule fois il ne me regarda. Au Moyen Âge, de tels chiens devaient arracher les mandragores du sol. On croyait que la plante criait lorsqu'elle était déracinée, que ses cris avaient le pouvoir de tuer les êtres humains. De tout cela, les chiens se moquaient. J'attendis qu'il disparût entre les arbres.

LES FILLETTES

Avant qu'ils ne passent le chercher, jamais encore Holbrecht n'avait eu d'ennuis. Il avait rencontré Miriam au cours d'un dîner, chez des amis communs. Elle portait une jupe noire et un foulard de soie orné de paradisiers colorés. Elle était institutrice dans une école primaire, lui était représentant en mobilier de bureau. Ils s'étaient aimés puis, une fois leurs sentiments émoussés, avaient continué à bien s'entendre. Lors des fêtes de famille, tous s'accordaient à dire qu'ils formaient un beau couple — la plupart le pensaient vraiment.

Un an après le mariage, ils avaient acheté la moitié d'une maison mitoyenne dans l'une des banlieues agréables de Berlin — cinq ans plus tard, ils avaient presque fini de la payer. «Avant échéance», avait déclaré le responsable d'agence de la Volksbank. Il se levait lorsqu'il les voyait, lui ou Miriam, au guichet. Ça plaisait à Holbrecht. «Il n'y a rien à changer», pensait-il.

Holbrecht voulait des enfants. «L'année prochaine», lui avait répondu Miriam, et d'ajouter: «Profitons encore un peu de la vie.» Elle avait vingt-neuf ans, il était de neuf ans son aîné. Cet hiver, ils iraient aux Maldives. Chaque fois qu'ils en parlaient, Miriam le regardait en souriant.

Les clients appréciaient sa droiture — primes comprises, il touchait facilement 90 000 euros par an. Lorsqu'il revenait de ses rendez-vous, il écoutait du jazz dans sa voiture — il était comblé.

*

Ils débarquèrent à sept heures du matin, le jour même où il devait se rendre à Hanovre — chez un nouveau client, une entreprise à équiper de fond en comble, un contrat juteux. Ils lui passèrent les menottes et l'emmenèrent hors de la maison. Miriam regardait le mandat d'arrêt — elle était encore en pyjama, celui qu'il aimait tant : « Agressions sexuelles sur mineurs, à vingt-quatre reprises. » Elle connaissait le nom de la fillette puisqu'elle était son institutrice. Elle resta dans la cuisine avec un fonctionnaire alors que deux policiers, empruntant le petit chemin, emmenaient Holbrecht à leur voiture. Elle avait planté la haie de buis l'année passée — Holbrecht avait maladroitement jeté sur ses épaules la veste qu'elle lui avait offerte pour Noël. Le policier affirmait que la plupart des épouses ne soupçonnaient rien. C'était censé la consoler. Puis ils fouillèrent la maison.

*

Le procès fut rapide. Holbrecht nia tout. Le juge lui fit noter que des films pornos avaient été retrouvés sur son ordinateur. Certes, aucun enfant n'y apparaissait,

concédait-il, et les films étaient conformes à la législation
— cependant, les actrices étaient encore très jeunes, l'une
d'entre elles n'avait presque pas de poitrine. Le juge avait
soixante-trois ans. Il croyait la fillette. Elle affirmait qu'Holbrecht l'accostait sur le chemin, après la classe, qu'il l'avait
touchée « là, en bas » — elle pleurait au cours de ses dépositions. Ça se serait passé sur la terrasse de leur maison. Une
autre fillette certifiait que c'était vrai, qu'elle l'avait vu à
deux reprises, de ses propres yeux. Les enfants décrivaient
la maison et le jardinet.

Miriam n'assista pas à l'audience principale. Son avocat
envoya les papiers pour le divorce au centre de détention
provisoire. Holbrecht les signa tous — sans même les lire.

La Cour le condamna à une peine de trois ans et demi de
prison ferme. Elle faisait valoir que la justice n'avait aucune
raison de douter du témoignage de la fillette. Holbrecht
purgea la totalité de sa peine. Le thérapeute avait voulu
qu'il reconnût ses torts. Il n'avait rien dit.

*

Ses chaussures étaient détrempées par la pluie. L'eau
y était rentrée par-dessus et avait mouillé ses chaussettes.
Bien que l'arrêt de bus fût pourvu d'un abri en plastique,
Holbrecht avait préféré rester dehors. La pluie coulait dans
son manteau, le long du cou. Tout ce qu'il possédait tenait
dans la valise grise à ses côtés: un peu de linge, quelques
livres, environ deux cent cinquante lettres adressées à sa
femme et jamais envoyées. Dans sa poche de pantalon se

trouvaient les adresses de son éducateur et d'une pension
où il pourrait loger dans un premier temps. Il avait sur lui
les indemnités perçues en travaillant à la prison. Holbrecht
avait maintenant quarante-deux ans.

Au cours des cinq années suivantes, aucune anicroche.
Il vivait de l'argent qu'il gagnait comme homme-sandwich
au profit d'un restaurant pour touristes. Il était posté en
bas du Kurfürstendamm, vêtu de panneaux en carton
recouverts de photos colorées de pizzas. Il portait un cha-
peau blanc. Son astuce, lorsqu'il tendait ses prospectus aux
badauds, était de leur adresser un petit signe de tête. La
plupart les prenaient.

Il vivait dans un appartement d'une pièce et demie à
Schöneberg, son employeur l'estimait parce qu'il n'était
jamais malade. Il ne voulait pas dépendre des aides sociales,
ni ne voulait faire quoi que ce soit d'autre.

*

Il la reconnut au premier coup d'œil. Elle devait alors
avoir seize ou dix-sept ans, c'était une jeune fille insou-
ciante, portant un T-shirt moulant. Elle était de sortie avec
son copain et mangeait une glace. Elle rejeta ses cheveux
en arrière. Elle riait. Nul doute : c'était elle.

Il se retourna vivement, il se sentit mal. Il retira ses habits
de carton et annonça au propriétaire du restaurant qu'il
était malade. Holbrecht était si blême qu'il ne lui posa
aucune question.

Dans la crasse de la vitre de la rame de métro, un passager avait tracé «Je t'aime». Un autre avait ajouté «Connard». De retour chez lui, il s'allongea tout habillé sur son lit, un torchon humide posé sur le visage. Il dormit quatorze heures d'affilée. Puis il se leva, fit couler du café et s'assit devant la fenêtre ouverte. Armés d'un bâton, des enfants essayaient d'attraper une chaussure perchée sur l'auvent de la maison voisine.

L'après-midi, il alla voir son ami, un sans-logis qui pêchait dans la Spree. Il s'assit à ses côtés.

«C'est à cause d'une femme, dit Holbrecht.

— C'est toujours à cause d'une femme», rétorqua l'autre.

Puis ils se turent. Lorsque son ami tira un poisson de l'eau et le tua, d'un coup, contre le mur en béton du quai, il s'en retourna chez lui.

De son appartement, à nouveau, il regarda par la fenêtre. La chaussure n'avait pas bougé de l'auvent. Il alla chercher une bière dans le frigo et en appuya la bouteille contre sa tempe. Cela le rafraîchissait à peine.

*

Chaque samedi, elle était passée devant lui et ses pancartes en carton sur le Kurfürstendamm. Il ne travaillait plus les week-ends et il l'attendait. Lorsqu'elle apparaissait, il la suivait, attendait devant les magasins, devant les cafés et les restaurants. Personne ne lui prêtait attention. Le quatrième samedi, elle acheta des places de cinéma. Il trouva un fauteuil vacant juste derrière elle. Il allait pouvoir exécuter son plan. Elle avait posé sa main sur la cuisse de son copain. Holbrecht s'assit, huma son parfum — il

les entendait chuchoter. Il tira le couteau de cuisine de
la ceinture de son pantalon, il le serra fort sous sa veste.
Elle avait relevé ses cheveux, il voyait le blond duvet de
sa nuque fine. Pour un peu, il aurait pu compter tous les
petits poils.

Il croyait avoir tous les droits.

*

J'ignore pourquoi Holbrecht atterrit précisément dans
mon cabinet. Je n'ai qu'une clientèle régulière — que le
cabinet fût situé juste à côté du cinéma en était peut-être
l'unique raison. La secrétaire me téléphona de bon matin,
un homme attendait sans avoir pris rendez-vous, assis sur
les marches de l'immeuble, armé d'un couteau. La secrétaire travaillait pour moi depuis bien longtemps, ce jour-là
elle avait peur.

Holbrecht s'installa sur une chaise, recroquevillé sur lui-
même. Il regardait le couteau devant lui, sur la table. Il ne
bougeait pas. Je lui demandai si je pouvais prendre le couteau. Holbrecht acquiesça d'un signe de tête sans lever les
yeux. Je mis le couteau dans une enveloppe et l'emportai
au secrétariat. Puis je m'assis face à lui et attendis. Au bout
d'un moment, il me regarda. «Je ne l'ai pas fait», dit-il
simplement. J'opinai du chef. Parfois, les clients peinent à
s'exprimer. Je lui proposai un café puis nous nous assîmes
là, en fumant. Nous étions au plus chaud de l'été. Des voix
claires d'enfants en voyage scolaire montaient à travers les
fenêtres grandes ouvertes de la salle de réunion. Des jeunes

gens riaient dans le café d'en face. Je fermai les fenêtres, le silence se fit, il faisait chaud.

Il s'écoula un long moment avant qu'il ne me racontât son histoire. Il avait une étrange manière de parler, il hochait la tête après chaque phrase, il devait acquiescer lui-même à ce qu'il disait, il marquait de longues pauses. Pour finir, il me dit qu'il avait suivi la jeune femme dans le cinéma, qu'il avait été incapable de la poignarder. Il tremblait. Il avait passé toute la nuit assis devant la porte du cabinet et était exténué. La secrétaire appela la direction du cinéma ; en effet, il ne s'était rien passé.

*

Le lendemain, Holbrecht m'apporta les documents du premier procès. L'adresse de la jeune femme figurait dans l'annuaire. Je lui écrivis et lui demandai si elle accepterait de s'entretenir avec moi. Nous n'avions pas d'autre solution. Je fus surpris de sa venue.

C'était une jeune femme nerveuse, en apprentissage dans l'hôtellerie, avec des taches de rousseur. Son copain l'avait accompagnée, je le priai de patienter dans la pièce voisine. Tandis que je lui racontais l'histoire d'Holbrecht, elle resta sereine. Elle regardait par la fenêtre. Je lui dis que, sans ses aveux, nous ne pourrions gagner le procès en réouverture des débats. Elle ne me regarda pas, ni ne répondit. Je n'étais pas certain qu'elle acceptât d'aider Holbrecht. Je remarquai cependant qu'elle avait pleuré lorsqu'elle me tendit la main pour prendre congé.

*

Quelques jours plus tard, elle me posta son vieux journal intime. Il était rose, sur le tissu de la couverture figuraient des imprimés de chevaux et de cœurs. Elle l'avait écrit quelques années après les faits et ne s'en était jamais séparée. Sur certaines pages, elle avait collé des papiers jaunes à mon intention. À huit ans, elle avait tout imaginé : elle voulait avoir sa maîtresse, Miriam, pour elle toute seule, elle était jalouse d'Holbrecht qui, parfois, passait prendre sa femme à l'école. Elle avait convaincu sa copine d'approuver ses dires. C'était un caprice de fillette, rien de plus.

Il y eut une révision du procès. La copine avoua ce que les fillettes avaient fait jadis. Holbrecht fut innocenté à l'issue de la nouvelle procédure. Passer aux aveux fut dur pour les jeunes filles. Dans la salle d'audience, elles s'excusèrent auprès d'Holbrecht qui n'en avait que faire. Nous pûmes tenir la presse hors de cette affaire. Il fut dédommagé d'à peine plus de trente mille euros pour la peine purgée jadis.

*

Holbrecht acheta un petit bar à Charlottenburg, le chocolat y est fait maison et le café savoureux. Il partage sa vie avec une Italienne qui l'aime tendrement. Il m'arrive d'y boire un expresso. Jamais nous ne revenons sur cette histoire.

DISSECTION

Assis dans sa voiture, il s'était assoupi un instant — non pas d'un sommeil profond, juste un basculement de la tête vers l'avant, sans rêve, quelques secondes. Il attendait en buvant au goulot de la bouteille de schnaps achetée au supermarché. Le vent balayait le sable contre le véhicule. Ici, il y en avait partout, une couche de quelques centimètres sur laquelle l'herbe poussait. Ça lui était familier, c'est là qu'il avait grandi. Tôt ou tard, elle sortirait de chez elle et gagnerait l'arrêt de bus. Peut-être porterait-elle encore une robe, une légère, le mieux serait qu'elle portât celle à roses jaunes et bleues.

Il songeait à la manière dont il s'était adressé à elle. À son visage, à sa peau sous la robe — ce qu'elle était belle! et grande! À peine l'avait-elle regardé. Il lui avait demandé si elle voulait prendre un verre. Il n'était pas certain qu'elle eût compris. Elle s'était moquée de lui: «T'es pas mon genre!» avait-elle crié en raison de la musique trop forte. «Pas de bol», avait-elle surenchéri. Il avait haussé les épaules, comme si ça le laissait de marbre. Et de ricaner. Qu'aurait-il bien pu faire? Il avait alors regagné sa table.

Aujourd'hui, elle ne se moquerait pas de lui. Il ferait ce dont il avait envie. Il la posséderait. Il s'imaginait à quel point elle aurait peur. Les animaux qu'il avait tués, eux aussi, avaient eu peur. Il avait pu s'en rendre compte. Leur odeur changeait, juste avant qu'ils ne passent de vie à trépas. Plus ils étaient gros, plus ils avaient peur. Les oiseaux étaient de peu d'intérêt, les chats et les chiens en avaient davantage ; ils sentaient venir la mort. Mais les animaux ne pouvaient parler. Elle, parlerait. Tout dépendrait du temps qu'il mettrait ; pour en obtenir le plus possible. C'était bien le problème : ça ne devait pas être précipité. S'il était trop nerveux, ça irait de travers. Comme ç'avait été le cas avec son tout dernier chat ; après l'amputation des oreilles il n'avait pu se contenir et c'est bien trop tôt qu'il l'avait aveuglément achevé d'un coup de couteau.

La trousse à dissection lui avait coûté cher mais elle était au complet, y compris ciseaux à os, trépan, couteau à cartilage et sondes cannelées. Il l'avait commandée sur Internet. *L'atlas anatomique,* il le connaissait sur le bout des doigts. Il avait tout consigné dans son journal, de la première rencontre en discothèque jusqu'à ce jour. Il l'avait prise en photo à son insu et collé sa tête sur des images pornographiques. Il avait tracé les lignes qu'il voulait découper. En pointillés noirs comme dans *L'atlas anatomique.*

Elle sortit par la porte. Il se tint prêt. Lorsqu'elle tira le portillon du jardin derrière elle, il descendit de voiture. Le plus dur allait arriver. Il devait la forcer à venir, elle ne devait pas crier. Il avait couché tous les scénarii par écrit. Les dessins, les photos de la jeune femme, celles des animaux torturés et les centaines de films gore, tout cela, la police le trouva après coup dans la cave de ses parents. À la suite de la découverte du journal intime et de la trousse de dissection dans sa voiture, les fonctionnaires avaient fouillé la maison. Il avait également installé dans la cave un petit laboratoire de chimie — ses tentatives pour fabriquer du chloroforme étaient restées vaines.

La Mercedes le heurta du côté droit alors qu'il descendait de voiture. Il vola par-dessus le capot, sa tête heurta le pare-brise et il resta étendu à gauche de l'automobile. Il mourut sur le trajet vers l'hôpital. Il venait d'avoir vingt et un ans.

J'assurai la défense du conducteur de la Mercedes. Il fut condamné à un an et demi de prison avec sursis pour homicide involontaire.

L'AUTRE

Paulsberg était debout, à côté de sa voiture. Comme tous les soirs, sur le chemin de son domicile, il avait fait un détour pour gagner le vieux frêne en haut du petit monticule. Enfant, il s'était souvent assis là, à l'ombre de l'arbre, avait sculpté des figurines en bois et fait l'école buissonnière. Il avait baissé les vitres, déjà les jours devenaient plus courts, l'air plus froid. C'était l'unique moment de la journée où régnait le calme. Son portable était éteint. D'ici il pouvait voir sa maison : la maison où il avait grandi, construite par son bisaïeul. Elle baignait dans une lumière claire, les arbres du jardin étaient illuminés, il apercevait les voitures garées sur le chemin. D'ici quelques minutes, il y serait, ses invités devaient déjà attendre, il lui faudrait s'entretenir avec eux de ces choses dénuées de sens qui sont propres aux mondanités.

Paulsberg avait quarante-huit ans. Il était le propriétaire de dix-sept magasins en Allemagne et en Autriche, du prêt-à-porter haut de gamme pour hommes. Son arrière-grand-père avait fondé l'usine d'articles en laine, dans la vallée, là, juste derrière ; Paulsberg avait donc tout appris sur les textiles et les coupes au cours de son enfance. Il avait vendu l'usine.

Il songeait à son épouse. Elle converserait avec tous — élégante, mince, ravissante. Elle avait trente-six ans, était avocate dans un cabinet international, un tailleur noir, les cheveux défaits. Il l'avait rencontrée à l'aéroport de Zurich. Ensemble, au bar, ils attendaient le vol en retard. Il l'avait fait rire. Ils s'étaient donné rendez-vous. Deux ans plus tard, voilà huit ans, ils s'étaient mariés. Ç'aurait pu bien se passer.

C'était sans compter sur les événements survenus dans le sauna de l'hôtel ; après ceux-là, plus rien n'avait été comme avant.

*

Depuis leurs noces, chaque année ils s'accordaient quelques jours dans un hôtel alpin de Haute-Bavière. Ils appréciaient ce moment de détente passé à dormir, randonner et manger. L'hôtel avait obtenu des distinctions pour son « espace bien-être » ; bains turcs, sauna finlandais, piscines d'intérieur et d'extérieur, massages et pélothérapie. Mercedes, BMW, Porsche étaient stationnées dans le garage. On restait entre soi.

Comme la plupart des hommes de son âge, Paulsberg tendait à l'embonpoint — son épouse se portait mieux. Il en était fier. Ils étaient assis dans le bain turc. Il jaugeait le jeune homme qui dévisageait sa femme ; des cheveux noirs, un Méditerranéen, italien peut-être, il portait bien, glabre, bronzé, dans les vingt-cinq ans. L'inconnu considérait sa femme comme un bel animal. Elle en était irritée. Il lui sourit, elle détourna le regard. Puis il se leva, le pénis à moitié en érection, il prit la direction de la sortie, se planta un instant face à elle, pivota sur lui-même, le membre au niveau de son visage. Paulsberg était sur le point d'intervenir lorsque l'autre passa une serviette autour de sa taille et lui adressa un signe de tête.

Plus tard, dans la chambre, ils badinèrent à propos de la situation. Ils croisèrent l'inconnu au dîner, l'épouse de Paulsberg lui sourit et rougit. Le couple passa le reste du dîner à parler de cet homme et, la nuit tombée, ils s'imaginèrent le faire avec lui. Ce soir-là, ils couchèrent ensemble, ce qu'ils n'avaient plus fait depuis longtemps. Peur et désir les excitaient.

Le lendemain, à la même heure, ils se rendirent au sauna ; l'inconnu s'y trouvait déjà. Elle défit sa serviette dès la porte — alors nue, elle passa lentement devant l'autre. Elle savait ce qu'elle faisait et voulait qu'il le sût. Il se leva et se plaça de nouveau devant elle. Assise sur le banc, elle le regarda d'abord, puis Paulsberg qui opina doucement du chef avant d'acquiescer à haute voix : « Oui. » Elle prit le pénis de l'homme. Paulsberg distinguait dans la vapeur du sauna le mouvement rythmé de son bras, il voyait le dos de l'autre devant sa femme. Humide, il brillait d'une couleur olive. Personne ne parlait, il entendait l'inconnu haleter, le mouvement du bras de sa femme se fit plus lent. Puis elle se tourna vers Paulsberg, lui montra le sperme qui souillait son visage et son corps. L'autre prit sa serviette et quitta le sauna sans un mot. Paulsberg et son épouse s'attardèrent dans la chaleur.

*

Ils le firent d'abord dans les saunas publics, puis dans les clubs échangistes — pour finir, ils publièrent des annonces sur Internet. Ils avaient fixé des règles : pas de violence, pas d'amour, pas de rendez-vous chez eux. Ils convinrent de tout arrêter si l'un d'eux en était incommodé. Pas une fois, ils n'annulèrent. Au début, c'était lui qui rédigeait les annonces — puis elle s'en chargea ; ils publiaient sur Internet des photos où ils apparaissaient masqués. Au bout de quatre ans, ils étaient devenus experts. Ils avaient déniché un hôtel discret à la campagne. Le week-end, ils fixaient rendez-vous aux hommes ayant répondu à leurs annonces. Il leur disait mettre son épouse à disposition. Ils pensaient que c'était un jeu mais, après tant de rencontres, ce n'en était plus un ; c'était devenu une partie d'eux-mêmes. Sa femme exerçait encore comme avocate ; bien qu'elle fût toujours aussi rayonnante et inaccessible, le temps d'un week-end, elle devenait une chose utilisée par d'autres. C'est ce qu'ils voulaient. Ça s'était fait comme ça, ni plus ni moins, sans explication aucune.

*

La signature de l'e-mail ne lui avait rien dit — quant à la photo, elle ne lui rappelait personne. Depuis des lustres, il ne regardait plus les photos jointes. Sa femme avait répondu à l'homme. Maintenant, ils se trouvaient face à face dans le hall de l'hôtel; Paulsberg et lui avaient fréquenté la même école, un souvenir fugace qui remontait à trente-cinq ans. Ils ne s'étaient pas côtoyés à l'école, ils étudiaient dans des classes parallèles. Ils s'assirent sur les tabourets du vestibule de l'hôtel et parlèrent de ces choses dont les anciens camarades parlent toujours; les profs âgés, les amis communs — ils essayaient d'oublier la situation dans laquelle ils se trouvaient. Malgré leurs efforts, ils n'y parvinrent pas. L'autre commanda du whisky au lieu de la bière, il parlait trop fort. Paulsberg connaissait la société pour laquelle il travaillait, ils étaient dans la même branche. Ils dînèrent tous les trois, l'autre but trop. Il flirtait avec l'épouse de Paulsberg, lui disait qu'elle était jeune et belle, que son mari avait bien de la chance — et de boire encore et encore. Paulsberg voulait s'en aller. Elle commença à parler de sexe, des hommes qui envoyaient leurs photos, qu'ils rencontraient. Arriva le moment où elle posa sa main dans la main de l'autre. Ils gagnèrent la chambre, celle qu'ils avaient l'habitude de réserver.

Tandis que l'autre couchait avec sa femme, Paulsberg, assis sur le canapé, regardait l'image au-dessus du lit: une jeune femme au bord de la mer, campée de dos par le peintre, vêtue d'un costume de bain tel qu'il y en avait dans les années vingt. «Elle doit être belle», se disait-il. Viendrait bien un moment où elle se retournerait, où elle sourirait au peintre avant de l'emmener chez elle. Ce faisant, Paulsberg songeait qu'ils étaient mariés depuis huit ans.

Plus tard, assis dans la voiture, ni elle ni lui ne parlèrent de tout le trajet. Jusqu'à leur arrivée, elle scruta l'obscurité par la vitre côté passager. Cette nuit-là, il alla dans la cuisine pour y boire un verre d'eau. En regagnant la chambre, il vit la lumière produite par l'écran du téléphone de son épouse.

Depuis longtemps, elle prenait du Prozac, un antidépresseur. Elle croyait en être dépendante : jamais elle ne quittait la maison sans sa boîte blanc et vert. Elle ignorait pourquoi elle donnait du plaisir à ces hommes. Parfois, la nuit, alors que tout était calme dans la maison, que Paulsberg dormait et qu'elle ne pouvait plus supporter les chiffres vert clair du réveil, elle s'habillait et sortait dans le jardin. Elle s'allongeait sur l'une des chaises longues au bord de la piscine, scrutait le ciel, attendait d'éprouver cette sensation qui lui était familière depuis la mort de son père. Elle avait le plus grand mal à la supporter. Il y avait des milliards de systèmes solaires dans la Voie lactée et des milliards de Voies lactées. Le vide et le froid en comblaient les interstices. Elle perdait alors tout contrôle sur elle-même.

*

Depuis bien longtemps déjà, Paulsberg avait oublié l'autre. Il s'était rendu à la conférence annuelle de la confédération à Cologne. Alors qu'il se trouvait au buffet de la salle de petit déjeuner, il entendit son nom. Paulsberg se retourna.

D'un coup, le monde se mit à tourner plus lentement, il perdait de sa consistance. Plus tard, il pourrait se remémorer chaque image — le beurre qui nageait dans l'eau froide, les pots de yaourt colorés, les serviettes rouges et les tranches de saucisse sur la porcelaine blanche de l'hôtel. Paulsberg se disait que l'autre avait l'air d'un de ces

batraciens aveugles. Un de ceux qu'il avait vus dans les
grottes obscures de Yougoslavie. Jadis, il en avait attrapé un,
l'avait tenu dans sa main tout le long du chemin menant à
l'hôtel ; il voulait le montrer à sa mère. Lorsqu'il avait ouvert
la main, il était mort. La tête de l'autre était rasée à blanc,
ses yeux humides, de minces sourcils, des lèvres charnues,
presque bleues. Ces mêmes lèvres qui avaient embrassé
son épouse. La langue de l'autre remuait au ralenti, elle
tapa contre les dents de devant lorsqu'il prononça son
nom. Paulsberg vit les fils de bave incolores, les pores sur
sa langue, les poils longs et fins à l'intérieur du nez, la
pomme d'Adam qui tendait la peau rougie. Paulsberg ne
comprit pas ce que l'autre disait. Il voyait la jeune fille en
maillot de bain blanc et bleu, celle de la chambre d'hôtel,
elle se tourna vers lui, lui sourit — puis elle lui désigna cet
homme chétif agenouillé au-dessus de sa femme. Paulsberg
sentit ses battements de cœur s'arrêter, il s'imaginait tom-
bant et déchirant la nappe de la table. Il se voyait gisant,
sans vie, entre les tranches d'orange, les saucisses blanches
et le fromage frais. Pourtant, il ne tomba pas. Ce n'était
qu'un songe. Il adressa un signe de tête à l'autre.

*

Les traditionnels discours ponctuèrent le séminaire. On
leur présenta diverses choses, il y avait du café-filtre dans
des thermos argentés. Au bout de quelques heures, plus
personne n'écoutait. En somme, rien à signaler.

L'après-midi, l'autre le rejoignit dans sa chambre. Ils
burent la bière qu'il avait apportée. Il avait également de

la cocaïne et invita Paulsberg à se faire un rail ; il versa la poudre sur la table en verre et la prisa avec un billet roulé en tube. Lorsqu'il voulut aller se laver les mains dans la salle de bains, Paulsberg le suivit. Courbé au-dessus du lavabo, l'autre se débarbouillait. Paulsberg vit ses oreilles, il vit la bordure jaunie de son col de chemise.

Il ne pouvait faire autrement.

Maintenant, Paulsberg était assis sur le lit. La chambre d'hôtel était identique aux centaines d'autres où il avait passé une nuit. Deux barres chocolatées dans le minibar marron, des cacahouètes conditionnées sous vide, un limonadier en plastique. L'odeur de produits désinfectants, du savon liquide dans la salle de bains, et l'écriteau sur le carrelage du mur rappelant que l'on fait un geste pour la planète en réutilisant la même serviette.

Il ferma les yeux et songea à ce cheval. Un matin qu'il passait sur le pont menant aux îles rhénanes, et qu'il en descendait l'escalier de pierre, d'un coup, dans le brouillard qui montait de l'eau, ils s'étaient retrouvés face à face ; lui et ce cheval entouré de vapeur, aux naseaux tendres et rouge vif.

Tôt ou tard, il devrait lui téléphoner. Elle lui demanderait quand il rentrerait. Elle lui raconterait sa journée, lui parlerait des gens du cabinet, de la femme de ménage qui fermait les poubelles trop bruyamment et de toutes ces choses de son quotidien. Il ne parlerait pas de l'autre. Puis, il raccrocherait et ils essayeraient de vivre encore.

Paulsberg entendit l'autre gémir dans la salle de bains. Il jeta sa cigarette dans un verre d'eau à moitié plein, prit son sac de voyage, quitta la pièce. En s'acquittant de la note à la réception, il précisa qu'il était préférable de faire rapidement la chambre. La jeune femme derrière le comptoir le regarda. Il n'ajouta rien de plus.

L'autre fut retrouvé vingt minutes plus tard. Il survécut.

✲

Paulsberg s'était servi du cendrier de la chambre. En verre fumé sombre, lourd et encombrant, il datait des années soixante-dix. Plus tard, le médecin légiste parla de coups et blessures provoqués par un objet contondant — comme les bordures des coups n'étaient pas précisément délimitées, le cendrier correspondait parfaitement à l'arme du crime.

Paulsberg avait vu les trous dans la tête de l'autre; du sang en avait coulé, plus clair que ce qu'il avait escompté. «Il ne meurt pas», s'était dit Paulsberg en continuant à défoncer la voûte crânienne. «Il saigne mais ne meurt pas.» Pour finir, Paulsberg avait coincé l'autre entre la baignoire et les toilettes, il avait appuyé son visage contre l'abattant des W.-C. Paulsberg avait voulu asséner le coup de grâce. Il avait levé la main. Les cheveux de l'autre étaient devenus grumeleux, le sang leur conférait un aspect rigide, sorte de pointes noires partant du cuir chevelu. D'un coup, Paulsberg n'avait pu faire autrement que de penser à sa femme; à leur première rencontre, en janvier, voilà dix ans, sous un ciel de glace. Frigorifiés, ils étaient restés debout sur la route devant l'aéroport. Il avait pensé à ses chaussures

légères pataugeant dans la neige fondue, à son manteau
bleu à gros boutons, elle en avait relevé le col et en tenait
le revers d'une main, elle avait ri, elle était seule et belle et
meurtrie par le froid. Lorsqu'elle avait embarqué à bord
d'un taxi, il avait su qu'elle était sienne.

Paulsberg avait reposé le cendrier sur le sol, les fonctionnaires le trouvèrent plus tard entre les traînées rouges sur
le carrelage. Lorsque Paulsberg s'en alla, l'autre râlait faiblement. Paulsberg n'avait plus souhaité le tuer.

*

Cinq mois s'écoulèrent avant l'ouverture du procès.
Paulsberg était poursuivi pour tentative de meurtre. Selon
le procureur, il avait essayé de tuer l'autre par-derrière.
L'acte d'accusation rapportait que la cocaïne constituait le
seul mobile. Qui d'autre qu'un procureur aurait pu mieux
le savoir?

Paulsberg ne donna aucune raison qui expliquât son
geste, il ne parla pas de l'autre. «Téléphonez à ma femme»
fut tout ce qu'il dit aux policiers à la suite de son arrestation — rien de plus. Les juges cherchaient le mobile.
Personne ne tue fortuitement quelqu'un dans sa chambre
d'hôtel. Le procureur n'avait pu établir de liens entre les
deux hommes. Le psychiatre avait dit que Paulsberg était
«tout à fait normal»; on n'avait pas trouvé de drogue dans
son sang. Qu'il pût avoir agi par simple cruauté n'était pas
concevable.

L'autre était la seule personne qui eût pu révéler quelque
chose. Seulement, lui non plus ne pipait mot. Les juges ne

pouvaient le contraindre à déposer. La police avait trouvé de la cocaïne dans sa poche et sur la table en verre ; comme une procédure d'instruction était lancée contre lui, il lui était permis de garder le silence — en déposant, il courait le risque de se charger lui-même.

Bien entendu, les juges n'ont pas besoin de connaître le mobile d'un prévenu pour pouvoir le juger. Nonobstant, ils veulent savoir ce qui pousse l'être humain à agir de la sorte. Ce n'est qu'en connaissance de cause qu'ils peuvent sanctionner un prévenu selon sa culpabilité. Qu'ils ne le comprennent pas, alors la peine en est presque toujours plus lourde.

Les juges ignoraient que Paulsberg voulait protéger son épouse. Elle était avocate, il avait commis un délit. Son cabinet ne l'avait pas encore congédiée ; elle ne pouvait être tenue pour responsable de la folie de son mari. Cependant, ses associés ne pourraient accepter la vérité, ne pourraient accepter ce qu'elle faisait avec des inconnus et elle n'aurait pu continuer à travailler avec eux. Paulsberg laissa à son épouse le soin de décider. Elle devait faire ce qu'elle tenait pour juste.

Elle fit son apparition sans assistance. Elle avait l'air fragile, trop fine pour Paulsberg. Le président lui expliqua ce qu'elle devait faire. Personne ne soupçonnait qu'il pût encore se passer quelque chose au cours de ce procès. Et pourtant... lorsqu'elle prit la parole, tout changea.

Presque tous les procès en correctionnelle connaissent ce moment précis au cours duquel tout devient limpide. Je pensais qu'elle allait parler des inconnus — mais c'est une histoire bien différente qu'elle raconta. Elle parla pendant quarante-cinq minutes sans la moindre interruption ; ses propos étaient clairs, précis, cohérents. Elle dit qu'elle avait eu une aventure avec l'autre. Que Paulsberg s'en était rendu compte. Qu'il avait voulu rompre avec elle. Qu'il en était devenu malade de jalousie. Que c'était de sa faute, à elle, pas de la sienne. Elle poursuivit, affirmant que son époux était tombé sur le film qu'elle avait fait avec son amant. Avant de tendre un DVD à l'appariteur. Elle et Paulsberg avaient souvent tourné ce genre de films ; celui-là provenait de la rencontre avec l'autre, la caméra se trouvait sur un pied à côté du lit. Nous poursuivîmes à huis clos, nous devions voir ce film. On trouve de tels films sur nombre de sites Internet. Sans nul doute, l'autre était l'homme qui avait couché avec elle. Au cours de la projection le procureur observait Paulsberg ; il gardait son calme.

Le procureur avait commis une autre erreur. Notre loi pénale remonte à plus de cent trente ans. C'est un système intelligent. De temps à autre, les choses ne se déroulent pas comme le coupable le souhaiterait. Son revolver est chargé, il peut tirer cinq coups. Il se dirige vers sa victime, il tire, il veut la tuer. À quatre reprises, il manque sa cible, un coup seulement provoque une éraflure sur son bras. Alors il se poste face à elle. Il appuie le canon du revolver sur son ventre, il presse la détente, il voit le sang couler le long de son bras, il remarque sa peur. Peut-être y repense-t-il à deux fois. Un mauvais système pénal condamnerait l'homme pour tentative de meurtre, un bon permettra à la victime de n'être pas tuée. Notre code pénal retient le désistement volontaire comme cause d'impunité. En d'autres termes, si l'agresseur arrête maintenant, s'il ne tue pas sa victime, il ne sera puni que pour coups et blessures avec circonstances aggravantes — et non pour tentative de meurtre. C'est à lui qu'il incombe de faire le bon choix, la loi sera clémente à son égard pour peu qu'il fasse ce qui est juste, qu'il laisse sa victime en vie. Les professeurs parlent « de saisir la perche tendue ». Jamais je n'ai aimé cette expression — ce qui se passe au plus profond d'un homme est bien trop compliqué ; et une perche trouve mieux sa place dans un stade. Cependant, l'idée de la loi est juste.

Paulsberg avait cessé de défoncer le crâne de l'autre. En fin de compte, il n'avait plus souhaité le tuer. Ainsi, il se déchargea de la tentative de meurtre ; les juges ne pouvaient le condamner que pour coups et blessures avec circonstances aggravantes.

Le tribunal ne pouvait réfuter ni le revirement de Paulsberg, ni la déposition de son épouse ni, par conséquent, le mobile. Il fut condamné à une peine de trois ans et six mois de prison.

Avant son placement sous contrôle judiciaire, sa femme lui rendait régulièrement visite à la maison d'arrêt. Deux ans après le procès, le reliquat de peine fut commué en une mise à l'épreuve. Elle quitta ses associés et ils déménagèrent dans sa ville natale, au Schleswig-Holstein. Elle y ouvrit un petit cabinet. Il avait revendu magasins et maison, il se mit à la photo. Il y a peu, sa première exposition eut lieu à Berlin : sur tous les tirages, une femme nue — sans visage.

LE PORTE-DOCUMENTS

L'officier de police, une femme, était en faction sur un parking, au bord du périphérique berlinois. Elle était frigorifiée. En compagnie d'un collègue, elle occupait la dernière position au sein d'un dispositif de contrôles de routine, un boulot pénible — elle aurait largement préféré être l'un de ces automobilistes, assis bien au chaud et qui ne devaient qu'entrouvrir leur fenêtre. Il faisait moins neuf, de la neige durcie ne dépassaient que quelques brins d'herbe gelés, le froid humide transperçait l'uniforme et se faisait ressentir jusque dans les os. Elle serait volontiers passée en première position pour choisir quelle voiture contrôler — mais cette tâche échoyait aux plus anciens. Elle s'était fait muter de Cologne à Berlin voilà deux mois. Pour l'heure, elle n'aspirait qu'à un bon bain. Elle n'était pas faite pour le froid ; jamais, à Cologne, les températures ne descendaient aussi bas.

La voiture suivante était une Opel Omega, gris argenté, immatriculation polonaise. Elle avait l'air bien entretenue, sa carrosserie n'était pas cabossée, ses feux en état de marche. Le conducteur baissa la vitre pour tendre son permis de conduire et les papiers du véhicule. Tout avait l'air en règle, il ne sentait pas l'alcool et souriait aimablement. La policière ne parvenait à s'expliquer son étrange pressentiment. Elle tentait de le déterminer tout en parcourant les papiers. Au cours de sa formation, elle avait appris à suivre son instinct — elle était cependant forcée de trouver une explication rationnelle à ce qu'elle pressentait.

Il s'agissait d'une voiture de location d'une société internationale. Le contrat était au nom du chauffeur. Il avait tous les papiers à disposition. Puis elle réalisa ce qui l'irritait : la voiture était vide. Il n'y avait rien ; ni papier de chewing-gum froissé, ni journal, ni valise, ni briquet, ni gants — absolument rien. La voiture était aussi vide que si elle venait de sortir d'usine. Le conducteur ne parlait pas allemand. Elle héla un collègue qui connaissait quelques mots de polonais. Ils firent descendre l'homme, il continuait de sourire. Ils le prièrent d'ouvrir le coffre ; le conducteur acquiesça et fit pression sur le bouton. Là encore tout était propre, presque stérile ; seul un porte-documents rouge en similicuir s'y trouvait. La policière le montra et fit signe à l'homme de l'ouvrir. Il haussa les épaules et hocha la tête. Elle se pencha en avant et observa les serrures. Ce n'était que de simples serrures à code, les molettes réglées sur le zéro ; elles s'ouvrirent sans la moindre difficulté. Elle bascula l'abattant de la valise. D'effroi, elle fit un tel bond de recul que l'arrière de son crâne heurta le hayon. Elle parvint tout de même à se détourner — et vomit sur la chaussée. Son collègue, qui n'avait pas vu le contenu du porte-documents, dégaina et cria au chauffeur de poser ses mains sur le toit du véhicule. Les autres policiers coururent à lui, il fut maîtrisé. La policière était blême. Du vomi était resté collé aux commissures de ses lèvres. «Oh! mon Dieu!» dit-elle, avant de rendre de nouveau.

*

Les policiers conduisirent l'homme à la Keithstraße où se trouve le département des «délits aux personnes». Le porte-documents rouge fut envoyé à l'institut médico-légal. Bien que ce fût un samedi, Lanninger en personne, le directeur de l'institut, fut appelé. Il y avait dans le porte-documents dix-huit photocopies couleurs de cadavres, probablement imprimées sur une photocopieuse laser. Sur leur visage à tous, la même expression; la bouche grande ouverte, les yeux révulsés. Des hommes meurent et c'est le travail des médecins légistes que de s'y intéresser. Cependant, même pour les employés de l'institut, ces photos sortaient de l'ordinaire: les morts, onze hommes et sept femmes, se contorsionnaient tous dans la même position, sur le dos, lorsqu'ils avaient été photographiés — ils se ressemblaient étrangement: ils étaient nus et de leurs abdomens sortait l'extrémité la plus large d'un pieu en bois.

*

«Jan Bathowiz» s'appelait-il d'après son passeport polonais. Sitôt qu'il fut écroué, ils voulurent prendre sa déposition — l'interprète de la police se tenait prêt. Bathowiz était poli, presque dévot, mais ne cessait de répéter qu'il voulait d'abord appeler son ambassade. C'était son droit et, enfin, on lui accorda cet appel. Il communiqua son nom et le service juridique de l'ambassade l'invita à se taire jusqu'à l'arrivée d'un avocat. Ça aussi, c'était son droit. Bathowiz en faisait usage.

Le commissaire principal de la police criminelle, Pätzold, pouvait garder le prévenu jusqu'à ce que le jour suivant fût écoulé, ce qu'il comptait bien faire. Il fut donc conduit dans une cellule collective et enfermé dans un box. On lui confisqua, comme à tous les détenus, ses lacets et sa cravate afin qu'il ne se pendît pas. Son interrogatoire put commencer le lendemain à 14 heures, lors de mon arrivée. Je déconseillai à Bathowiz de se laisser interroger. Il souhaitait tout de même déposer.

«Votre nom?» Bien qu'il fût tout à fait réveillé, le commissaire Pätzold avait l'air las. L'interprète traduisait chaque réponse et chaque question.

«Jan Bathowiz.»

Pätzold parcourut les papiers d'identité, il avait fait examiner le passeport, celui-ci avait l'air authentique. Hier, on avait demandé aux autorités polonaises si Bathowiz était connu de leurs services. Comme à l'accoutumée, de telles requêtes durent une éternité.

«Monsieur Bathowiz, vous savez pourquoi vous êtes là?

— Vos policiers m'y ont amené.

— En effet. Savez-vous pourquoi?

— Non.

— D'où tenez-vous ces photos?

— Lesquelles?

— Nous avons trouvé dix-huit photos dans votre porte-documents.

— Ce n'est pas mon porte-documents.

— Ah... Alors à qui appartient-il ?

— À un homme d'affaires de Witoslaw, ma ville natale.

— Comment s'appelle cet homme d'affaires ?

— Je n'en sais rien. Il m'a donné le porte-documents et m'a dit de l'apporter à Berlin.

— Vous devez bien savoir comment il s'appelle.

— Non. Je ne vois pas pourquoi je le saurais.

— Comment ça ?

— Je l'ai rencontré dans un bar. C'est là qu'il m'a accosté, il m'a payé sur-le-champ et en liquide.

— Vous saviez ce qu'il y a sur les photos ?

— Non, lorsqu'on m'a donné le porte-documents, il était fermé. J'en sais rien.

— Vous n'avez pas regardé dedans ?

— Il était fermé.

— Pourtant la serrure était ouverte. Vous auriez pu regarder à l'intérieur.

— Ce genre de choses, c'est pas dans mon habitude.

— Monsieur Pätzold, dis-je, que reproche-t-on exactement à mon client ? »

Pätzold me regarda. Là résidait tout le problème. Bien entendu, il en était conscient.

« Nous avons fait analyser les photos. Selon le professeur Lanninger, il y a de fortes probabilités qu'il s'agisse de vrais corps.

— Oui ? dis-je.

— Qu'entendez-vous par là ? Votre client avait des photos de corps dans son porte-documents. Des photos de corps empalés.

— Je n'ai toujours pas compris ce qui lui était reproché. Le transport de photos de corps tirées sur une imprimante couleurs? Lanninger n'est pas expert en Photoshop. Et qu'il y ait de *fortes probabilités* ne veut pas dire que c'est *avéré*. Et quand bien même il s'agirait de vrais corps, il n'est pas interdit d'en avoir des photos. En fin de compte, il n'y a pas d'infraction à la loi.»

Pätzold savait que j'avais raison. Cependant, je pouvais le comprendre.

À cet instant, nous aurions pu nous en aller. Je me levai et pris ma serviette. Mais mon client fit quelque chose que je ne compris pas. Il me posa une main sur l'avant-bras et dit que ça ne lui posait aucun souci que le commissaire poursuivît l'interrogatoire. Je demandai une pause mais Bathowiz secoua la tête. Il dit : «Laissez-le continuer.»

Pätzold continua donc : «À qui est le porte-documents?

— À l'homme du bar.

— Que deviez-vous en faire?

— Je l'ai déjà dit : je devais le transporter à Berlin.

— L'homme vous a-t-il dit ce qu'il y avait dans le porte-documents?

— Oui. Il l'a dit.

— Et?

— Il m'a dit qu'il s'agissait de plans architecturaux pour un projet d'envergure. Que beaucoup d'argent était en jeu.

— Des plans?

— Oui.

— Pourquoi n'a-t-il pas envoyé les plans par une société de messagerie?

— C'est aussi ce que je lui ai demandé. Il m'a dit qu'il ne faisait pas confiance à ces sociétés.

— Pourquoi?

— Il disait qu'en Pologne, ces sociétés travaillaient toujours pour deux parties. Il lui était préférable qu'un étranger, inconnu de tous, transporte ses affaires.

— Où deviez-vous transporter les photos?»

Sans hésiter une seule seconde, Bathowiz répondit: «À Kreuzberg.»

Pätzold opina du chef, il semblait être arrivé à son but: «À qui à Kreuzberg? Comment s'appelle-t-il?»

Je ne comprends pas le polonais mais je compris l'intonation qu'avait la voix de Bathowiz. Il était très calme.

«Je n'en sais rien. Je devais me trouver lundi à 17 heures dans une cabine téléphonique.

— Pardon?

— Mehringdamm, Yorkstraße.»

Ces mots-là, il les prononça en allemand. Puis, il reprit en polonais:

«Là-bas, il doit y avoir une cabine téléphonique. Je dois y être demain à cinq heures de l'après-midi, on doit m'appeler pour me communiquer la suite des instructions.»

Une heure encore, Pätzold interrogea Bathowiz. Son histoire ne changea pas le moins du monde. Bathowiz resta cordial, il répondait poliment à chaque question, rien ne le tirait de son calme. Pätzold ne parvenait à mettre en doute ce qu'il disait.

On chercha également des informations sur Bathowiz dans les fichiers informatiques de l'identité judiciaire. L'ordinateur ne savait rien de lui. La Pologne répondit à la requête adressée à son sujet, tout semblait en ordre. Pätzold devait laisser partir Bathowiz ou le déférer devant un juge. Le procureur refusa de délivrer un mandat, Pätzold n'avait donc plus le choix. Il demanda à Bathowiz si celui-ci pouvait laisser son porte-documents à la police. Bathowiz haussa les épaules, il voulait juste un reçu. À 19 heures, il fut autorisé à quitter le commissariat. Il me dit au revoir sur les marches du vieil immeuble, gagna sa voiture puis disparut.

*

Le lendemain, vingt policiers se déployèrent aux environs de la cabine téléphonique, les voitures de patrouille croisant alentour étaient en alerte. Un fonctionnaire en civil, d'origine polonaise, à la stature et aux vêtements rappelant ceux de Bathowiz se trouvait dans la cabine, à 17 heures, avec le porte-documents rouge. Un juge avait fait procéder à la mise sur écoute de la ligne. Le téléphone ne sonna pas.

*

Un joggeur trouva le corps mardi matin, sur un parking, dans un bois. Le browning, un calibre 6,35 mm, n'avait fait que de petits trous circulaires au diamètre d'à peine un demi-centimètre. C'était une exécution sommaire. Il ne resta à Pätzold qu'à ouvrir un nouveau dossier et à en informer ses collègues polonais. Jamais l'affaire Bathowiz ne fut élucidée.

CLEPTOMANIE

Elle avait tiré la chaise devant la fenêtre. Elle aimait boire le thé à cet endroit d'où elle avait vue sur le terrain de jeux. Une fillette faisait la roue, deux garçons l'observaient. La fillette n'était guère plus âgée qu'eux. Lorsqu'elle tomba, elle se mit à pleurer. Elle courut vers sa mère et lui montra ses coudes écorchés. Sa mère avait sur elle une bouteille d'eau et un mouchoir, elle nettoya la plaie. La fillette regardait les garçons — elle se trouvait entre les jambes de sa mère et lui tenait le bras. C'était un dimanche. D'ici une heure, il serait de retour avec les enfants. Elle mettrait la table pour le café, ils attendaient des amis. L'appartement était calme. Elle regarda de nouveau en direction du terrain de jeux sans voir ce qu'il s'y passait.

Ils étaient en parfaite santé. Tout ce qu'elle faisait, elle le faisait ainsi qu'elle l'avait toujours fait. Discuter avec son mari de son travail, faire les courses au supermarché, les leçons de tennis pour les enfants, Noël dans sa famille ou dans la belle-famille. Elle tenait les propos qu'elle avait toujours tenus, portait les habits qu'elle avait toujours portés. Elle allait acheter des chaussures avec ses amies et, une fois par mois, sortait au cinéma, lorsque la baby-sitter le permettait. Elle se tenait au courant des expositions et des pièces de théâtre, regardait le journal télévisé, lisait les pages politiques de la presse, s'occupait des enfants et assistait aux réunions parents-profs. Elle ne pratiquait aucun sport — pour autant, elle n'avait pas grossi.

Elle et son époux allaient bien ensemble, elle n'en avait jamais douté. Il n'y était pour rien, elle non plus. Personne n'y pouvait rien. Ça s'était juste passé ainsi. Elle n'avait pu aller contre le cours des choses. Elle se souvenait de chaque détail de la soirée où tout était devenu évident.

« Es-tu malade ? lui avait-il demandé. Tu as l'air pâle.

— Non.

— Qu'est-ce qu'il t'arrive ?

— Rien, chéri. Il est temps que j'aille me coucher. La journée a été longue. »

Bien plus tard, après s'être couchés tous les deux, subitement, elle n'était plus parvenue à respirer. Elle était restée éveillée jusqu'au lendemain, crispée par la peur et la culpabilité, des crampes dans les cuisses. Elle ne l'avait pas souhaité mais, plus jamais, ça n'avait disparu. Et lorsqu'elle avait préparé le petit déjeuner de ses enfants, au matin, et qu'elle avait contrôlé le contenu de leur cartable, il lui fut évident que cette sensation ne l'abandonnerait plus jamais : tout en elle était vide. Il lui faudrait pourtant continuer à vivre ainsi.

Ça s'était passé voilà deux ans. Ils vivaient encore ensemble, lui ne soupçonnait rien, personne ne soupçonnait rien. Ils couchaient rarement ensemble et, lorsque ça arrivait, elle se montrait obligeante à son égard.

Peu à peu, tout s'estompa jusqu'à ce qu'elle ne fût plus qu'une enveloppe vide. Le monde lui était devenu étranger, elle y était extérieure. Les enfants riaient, son mari s'agaçait, ses amis discutaient — ça lui glissait dessus. Elle était sérieuse, riait, pleurait, consolait — tout à fait comme auparavant et selon les circonstances. Mais lorsque le calme se faisait, lorsqu'elle regardait d'autres personnes au café ou dans le métro, elle pensait que plus rien ne la concernait.

Un beau jour, ça la prit. Elle resta une demi-heure devant le rayon. Celui des chaussettes — s'en retourna, y revint. Puis elle les prit, qu'importaient la taille et la couleur. Elle glissa le paquet sous son manteau, trop vite, les chaussettes glissèrent sur le sol, elle se baissa — puis fila. Son cœur battait la chamade, des pulsations dans la gorge, les mains tremblantes. Tout son corps était humide. Elle ne sentait plus ses jambes — elle grelottait. Continuer à avancer, passer devant les caisses. Quelqu'un la bouscula. Puis l'air glacé du soir, la pluie. L'adrénaline la submergeait, elle voulait crier. Deux rues plus loin, elle se débarrassa des chaussettes dans une poubelle. Elle retira ses chaussures, courut sous la pluie jusqu'à chez elle. Devant sa porte, elle regarda le ciel, l'averse battait son front, ses yeux et ses lèvres. Elle revivait.

Elle ne volait que des choses insignifiantes. Et elle ne volait que si tout le reste lui était devenu insupportable. Ça ne pourrait pas toujours se dérouler sans anicroche, elle le savait. Son époux lui dirait que c'était dans l'ordre des choses. Il était adepte de telles phrases. Il avait raison. Lorsque le vigile l'apostropha, elle avoua tout, sur-le-champ — dans la rue. Les passants s'arrêtèrent, la regardèrent, un enfant la montra du doigt et dit : « La dame est une voleuse ! » Le vigile la tenait, crispant sa main sur son bras. Il l'emmena dans son bureau et rédigea une déclaration destinée à la police : nom, domicile, numéro de carte d'identité, déroulement des faits, valeur de la marchandise : 12,99 euros, faire une croix dans la case correspondante : « A reconnu les faits : oui/non. » Dans sa chemise à carreaux, il sentait la sueur. Elle, c'était la dame au sac à main Louis Vuitton, au porte-monnaie Gucci, à plusieurs cartes bancaires — la dame qui avait sur elle 845,36 euros en liquide. Il lui montra où signer. Elle parcourut le questionnaire et réfléchit un instant : devait-elle en corriger une faute comme elle le faisait pour ses enfants ? Il lui dit qu'elle recevrait un courrier de la police et lui sourit bêtement. Sur la table, les restes d'un petit pain-saucisse. Elle songea à son époux, voyait un procès se profiler, un juge qui la questionnerait. Le vigile la fit sortir par une porte dérobée.

La police la somma de rédiger sa version des faits. Elle vint avec le document à mon cabinet — ce fut vite expédié. C'était la première fois, la valeur du vol était faible, il n'y avait pas d'antécédent. Le procureur classa l'affaire. Aucun membre de sa famille n'eut vent de cette histoire.

Les choses s'apaisèrent — comme tout dans sa vie s'était apaisé.

LES DENTS

Dans sa cuisine, le vieil homme fumait. Par cette chaude journée d'août, il avait ouvert les fenêtres en grand. Il jeta un coup d'œil au cendrier orné d'une sirène nue à la queue de poisson verte, sous laquelle était inscrit en écriture cursive « Bienvenue sur la Reeperbahn ». Le vieil homme ignorait d'où lui venait ce cendrier. Les couleurs de la sirène étaient passées, le « R » de « Reeperbahn » manquait. L'eau gouttait lentement dans l'évier métallique — ce qui produisait un son fort. Ça l'apaisait. Il resterait pour toujours à cette fenêtre, à fumer et ne rien faire d'autre.

Devant la maison le groupe d'intervention spéciale s'était rassemblé. Les policiers portaient des uniformes qui semblaient trop grands, des casques noirs et des boucliers transparents. Ils entraient en action lorsque ça devenait trop difficile pour les autres, lorsque armes et résistance étaient à redouter. C'était des hommes durs agissant selon de dures règles. De leur côté également morts et blessés étaient à déplorer. L'adrénaline s'accumulait en eux. Ils avaient leur ordre de mission : « Fabrication de drogue dans un appartement, suspect probablement armé, arrestation. »

Ils étaient maintenant dans la cour, à côté des conteneurs à poubelles, en attente dans la cage d'escaliers et devant l'appartement, sans un bruit — sous leurs casques et leurs cagoules, ils avaient trop chaud. Ils attendaient l'ordre du chef des opérations qui retentirait immanquablement. Lorsque « En avant ! » serait crié, ils feraient ce pour quoi ils avaient été formés.

Le vieil homme à la fenêtre pensait à Hassan et à ses amis. Ils avaient les clés de son appartement et, à la nuit tombée, ils venaient préparer de petits paquets dans la cuisine ; « allonger », disaient-ils, deux tiers d'héroïne, un tiers de lidocaïne. Ils conditionnaient l'ensemble sous forme de pain carré dont chacun pesait un kilogramme, en pressant à l'aide d'un cric. Chaque mois, Hassan donnait mille euros au vieil homme — il payait ponctuellement. Bien sûr que c'était trop pour l'appartement d'une pièce et demie à l'arrière du bâtiment, au quatrième étage, un peu trop sombre ! Mais ils voulaient l'appartement du vieil homme, il n'y avait rien de tel pour faire un bunker, disaient-ils. La cuisine était assez grande et ils n'avaient pas besoin de plus. Le vieil homme dormait dans la chambre et, lorsqu'ils venaient, il allumait la télévision pour ne pas les entendre. Seulement, il ne pouvait plus cuisiner ; partout dans la cuisine, du film plastique, des balances de précision, des spatules et des rouleaux d'adhésif. Le pire, c'était la fine couche de poussière blanche qui recouvrait tout. Hassan avait dit au vieil homme quels étaient les risques encourus mais ça lui était égal. Il n'avait rien à perdre. C'était une bonne affaire et, de toute façon, il n'avait jamais cuisiné. Il tira sur sa cigarette et scruta le ciel : pas un nuage, il ferait de plus en plus chaud jusqu'au soir.

Il n'entendit les policiers que lorsque ceux-ci défoncèrent la porte. Ce fut rapide et toute défense aurait été vaine. Il fut projeté contre le sol, heurta la chaise de la cuisine et se cassa deux côtes. Puis, en criant, ils le sommèrent de dire où étaient les Arabes. Parce qu'ils étaient trop bruyants, il ne dit rien — également parce que ses côtes lui faisaient mal. Plus tard, devant le juge d'instruction, il garda encore le silence — trop souvent il avait été en prison, il savait qu'il était prématuré de parler ; maintenant, ils ne le laisseraient plus partir.

*

Le vieil homme était couché sur son lit, cellule 178, bâtiment C du centre de détention provisoire. Il entendit la clé et sut qu'il lui faudrait dire quelque chose à la fonctionnaire, ou hocher la tête, ou bouger le pied, afin qu'elle s'en allât. Elle venait chaque matin à 6 h 15, ils appelaient cela « le contrôle de vue » — ils s'assuraient qu'aucun prisonnier n'était mort ni ne s'était tué au cours de la nuit. Le vieil homme déclara que tout allait bien. La fonctionnaire aurait pu également prendre son courrier mais il n'avait personne à qui écrire — elle ne le lui proposait donc plus. De nouveau seul, il se tourna vers le mur. Il regardait la peinture à l'huile jaune vif qui en couvrait les deux premiers tiers de la hauteur, le dernier étant peint en blanc. Les sols étaient gris clair. Tout, ici, arborait les mêmes couleurs.

Au réveil, il lui était revenu que c'était le jour de son anniversaire de mariage. Pour l'heure il pensait de nouveau à cet homme qui couchait avec sa femme — avec sa propre femme.

Tout avait commencé avec un tricot de corps. Il se rappelait cette soirée d'il y a vingt-deux ans où il avait trouvé le tricot sous le lit. Il était là, froissé et sale. Ce n'était pas le sien bien que son épouse ne cessât de le lui assurer. Il savait bien qu'il appartenait à l'autre. Puis, plus rien ne fut comme avant. Pour finir, il s'en était servi pour astiquer ses chaussures; même ça n'y avait rien changé. Et, un jour, pour n'être pas anéanti, il lui fallut déménager. Sa femme avait pleuré. Il n'avait rien emporté, ni l'argent, ni la voiture, ni même la montre qu'elle lui avait offerte; il avait tout laissé. Il avait démissionné de son travail bien qu'il eût une bonne situation — il n'arrivait plus à s'y rendre, ne pouvait plus rien supporter. Tous les soirs, il s'était enivré, mécaniquement et sans un mot. Ça devint une habitude; il avait sombré dans un monde de schnaps, de délits mineurs et d'assistance sociale. Il ne voulait rien d'autre. Il attendait la fin.

Aujourd'hui, c'était différent. La femme qui voulait s'entretenir avec lui s'appelait Jana — suivait un nom de famille composé de trop nombreuses lettres. Ils l'assurèrent que ce n'était pas une erreur, qu'elle avait sollicité une entrevue au moyen du formulaire, et qu'elle n'avait pas besoin de son approbation. Au moment convenu il se rendit dans la salle des visites et s'assit à côté d'elle, à la table couverte d'un film plastique vert. Assis dans un coin, le fonctionnaire chargé de surveiller les discussions s'efforçait de ne pas déranger.

Elle le regardait. Il n'était pas sans savoir qu'il était repoussant. Depuis des années, son nez et son menton avaient grandi l'un en direction de l'autre, pour former un demi-cercle inachevé. Il n'avait quasiment plus de cheveux, ses poils de barbe étaient gris. Elle le regardait cependant. Elle le regardait comme personne depuis des années ne l'avait regardé. Il se grattait le cou. Puis elle lui dit avec un accent polonais prononcé qu'il avait de belles mains ; il savait bien qu'elle mentait mais, compte tenu de sa manière de le dire, ça ne lui posa aucun problème. Elle était belle. Comme la Madone dans l'église de son village, pensa-t-il. Enfant, il avait passé des messes entières à la regarder et à s'imaginer que Dieu était dans son ventre — comment il y était entré lui semblait une énigme. Jana en était au septième mois de grossesse, tout en elle était rond, plein de vie et radieux. Elle se pencha par-dessus la table et caressa du bout des doigts ses joues hâves. Il regarda sa poitrine, en eut honte puis dit : « Je n'ai plus de dents. » Il essaya de sourire. Elle lui adressa un signe de tête bienveillant. Pendant vingt minutes ils restèrent assis à la table sans parler. Pas le moindre mot. Le fonctionnaire avait déjà vu ça ; il n'est pas rare que prisonniers et visiteurs n'aient rien à se dire. Lorsqu'il annonça que le temps de visite était écoulé, elle se leva, se pencha une dernière fois, rapidement, et chuchota à l'oreille du vieil homme : « Hassan est le père de mon enfant. » Il huma son parfum, ses cheveux effleurèrent son visage marqué par les ans. Elle rougit. Rien d'autre. Puis elle s'en alla et il fut reconduit dans sa cellule.

Il s'assit sur le lit, regarda ses vieilles mains, les éphélides
et les cicatrices dont elles étaient parées, il pensait à Jana
et au bébé qu'elle portait, il pensait qu'un ventre devait
être un endroit chaud et rassurant — et il savait ce qu'il lui
restait à faire.

*

Lorsque Jana rentra chez elle, Hassan dormait. Elle se
déshabilla, s'allongea contre lui, elle sentait sa respiration
dans sa nuque. Elle aimait cet homme — sans pouvoir se
l'expliquer. Il était différent des garçons de son village, en
Pologne. Il était adulte et sa peau semblait être de velours.

Plus tard, lorsqu'il ouvrit un œil, elle lui dit que le vieil
homme ne témoignerait pas contre lui, qu'il pouvait être
tranquille. Seulement, il devait faire quelque chose pour
lui, continua-t-elle ; il devait lui payer de nouvelles dents,
elle en avait d'ores et déjà touché un mot à un éducateur
qui pouvait s'en occuper. Personne n'en saurait rien. Elle
parlait trop vite, elle était excitée. Hassan caressa son ventre
jusqu'à ce qu'elle s'endormît.

*

« Votre client souhaite-t-il livrer des informations sur
les hommes agissant en sous-main ? Dans ce cas, le tribunal pourrait envisager de lever la détention provisoire en
attente de son procès. » J'assurai sa défense comme commis
d'office. J'avais demandé que soient contrôlées la régularité
et la légalité de la détention. Tout avait été négocié avec le

tribunal, le vieil homme serait libéré. Ce n'était pas une affaire compliquée. Les policiers avaient trouvé deux cents grammes d'héroïne dans l'appartement. Pire encore : le vieil homme avait un couteau dans sa poche. D'après la loi, il retourne de « détention d'armes », pour laquelle la peine minimale est de cinq ans — comme pour les homicides. Ainsi, le législateur entend protéger les fonctionnaires contre les agressions. Le vieil homme devait livrer le nom du vrai coupable, ça semblait être son seul salut. Mais il se tut. « Dans ce cas, la détention provisoire sera maintenue jusqu'au procès », dit le juge en hochant la tête.

Le vieil homme s'en trouvait heureux. La jeune Polonaise ne serait pas seule pour la naissance de l'enfant. « C'est plus important que moi », songea-t-il et, ce faisant, il savait qu'il avait gagné autre chose, quelque chose qui avait plus de sens que sa propre liberté.

*

Le procès eut lieu quatre mois plus tard. Ils allèrent chercher le vieil homme dans sa cellule et le conduisirent dans la salle d'audience. Ils marquèrent un court arrêt devant l'arbre de Noël de l'allée principale, gigantesque et indifférent — les bougies électriques se reflétaient dans les boules. Elles étaient suspendues en bon ordre, les grosses à la base de l'arbre, les petites à son faîte. Le câble électrique qui s'échappait de l'enrouleur rouge vif était maintenu au sol par de l'adhésif noir et jaune. Pour cela aussi, il y avait un protocole de sécurité.

Les juges savaient bien que le vieil homme ne pouvait être le possesseur de la drogue; il n'aurait pas eu assez d'argent. Les débats portèrent alors sur la peine minimale de cinq ans. Personne ne voulait le condamner à une si lourde peine; ç'aurait été injuste — il ne semblait pourtant pas y avoir d'autre issue.

Au cours d'une suspension d'audience se produisit une étrange chose. Le vieil homme mangeait une tartine au fromage qu'il coupait en de minuscules morceaux à l'aide d'un couteau en plastique. Lorsqu'il surprit mon regard, il s'excusa, dit qu'il n'avait plus de dents et qu'il devait couper en d'aussi petits bouts tout ce qu'il mangeait. La suite fut donc aisée. C'est pour cette raison, et uniquement pour cette raison, qu'il avait eu un couteau dans la poche: il en avait besoin pour se nourrir. Un arrêt de la Cour fédérale de justice précise qu'il n'y a pas «détention d'armes» dans de tels cas; le couteau, manifestement, était utilisé à des fins non préjudiciables.

Il se peut que cette histoire de dents fût une explication douteuse. Comme c'était le dernier procès de l'année, tout le monde était détendu; au cours des suspensions, le procureur parlait des cadeaux qu'il n'avait pas encore achetés et tous se demandaient s'il allait neiger de nouveau. Finalement, le tribunal correctionnel condamna le vieil homme à deux ans avec sursis puis il fut libéré.

Je me demandai où il irait passer Noël; le bail de son appartement avait été résilié et il n'avait personne chez qui aller. Alors que j'étais dans l'une des galeries supérieures je le vis descendre lentement les escaliers.

*

Le 24 décembre, le vieil homme était à l'hôpital. L'opération ne devait avoir lieu que le 2 janvier mais la clinique avait insisté pour qu'il vînt directement après sa remise en liberté — les médecins craignaient une rechute alcoolique. L'éducateur avait tout organisé. À l'annonce de cette nouvelle, le vieil homme refusa d'abord de s'y rendre. Il entendit cependant qu'«une Jana», comme disait l'éducateur, s'était déjà acquittée des frais pour les dents neuves. Et parce que ça venait d'elle, il fit comme s'il s'agissait d'une proche parente et il accepta.

Le lit d'hôpital était propre, le vieil homme avait pris une douche et s'était rasé, on lui avait remis une chemise de nuit à fleurs jaunes. Sur la table de nuit, trônait un père Noël en chocolat — la poitrine enfoncée, il avait l'air étrangement de travers. Ça lui plaisait, «il est comme moi», songea-t-il. Il avait un peu peur de l'opération, ils voulaient lui prélever un bout d'os sur la hanche — il se réjouissait tout de même d'avoir bientôt de nouvelles dents et de pouvoir manger normalement d'ici quelques mois. Pendant son sommeil, il ne rêva plus du tricot sous son lit. Il rêva de Jana, de ses cheveux, de son odeur et de son ventre — il était heureux.

À deux kilomètres de là, Jana était assise sur le canapé et racontait au bébé endormi l'histoire de Noël. Elle avait cuisiné du barszcz pour Hassan. Ç'avait été laborieux mais elle pouvait y arriver — autrefois, à Karpacz, dans le sud-ouest de la Pologne, après la mort de son père, sa mère avait sauvé la petite famille de la banqueroute grâce à ce plat. Du barszcz à base de poitrine de bœuf et de betterave rouge pour les touristes qui randonnaient en montagne et qui avaient faim. C'était son enfance. Tous les jours, sa mère était dehors, dans le froid avec casseroles et becs Bunsen, en compagnie d'autres femmes — elles jetaient dans la neige, derrière elles, le légume pressé. Jana parlait au bébé de la neige rouge que l'on voyait de loin, de l'odeur subtile de soupe et de brûleur à gaz. Elle pensait à son village, là-haut dans les montagnes, à sa famille, et elle parlait de Noël, des lumières jaunes et des oies rôties, puis d'oncle Malek le boulanger — qui, sans nul doute, avait préparé pour aujourd'hui les plus beaux gâteaux qui soient.

Hassan ne rentrerait pas, elle le savait. Mais il avait été auprès d'elle pour la naissance du bébé — il avait tenu ses mains et essuyé la sueur de son front. Il était resté calme lorsqu'elle avait crié, calme aussi lorsque apparut son enfant, et elle croyait que rien ne pourrait lui arriver tant qu'il serait là. Depuis toujours, cependant, elle pressentait qu'il s'en irait ; il était beaucoup trop jeune. Elle ne pouvait vivre en paix qu'en l'aimant de loin. Tout à coup elle se sentit seule, son village et sa famille lui manquaient, elle regrettait tout cela avec tant de force qu'elle en avait mal. Elle décida alors de prendre un train pour la Pologne dès le lendemain.

Au volant d'une voiture, Hassan circulait en ville. Il ne pouvait la rejoindre, il ignorait ce qu'il devait dire. Il était promis à une autre femme au Liban, il devait se marier avec elle, ses parents en avaient décidé ainsi alors qu'il était encore enfant. Jana était une femme bien, elle lui avait évité la prison, elle était franche et facile en toutes choses. Lentement la colère monta, la colère contre lui-même, contre sa famille, contre le monde entier. Puis il l'aperçut.

L'homme sortait d'un magasin. Il venait d'acheter ses derniers cadeaux. Il devait vingt mille euros à Hassan avant de s'évaporer. Depuis des semaines, Hassan le recherchait. Il laissa la voiture sur place, prit le marteau dans la boîte à gants et suivit l'homme jusqu'à l'entrée d'une maison. Il le saisit à la gorge et le plaqua contre le mur. Les sacs tombèrent sur le sol. L'autre lui dit qu'il voulait payer, que ça prenait un peu de temps. Il négociait. Hassan ne l'écoutait plus, il jeta un coup d'œil aux cadeaux sur le sol du vestibule, vit les imprimés de père Noël et le bolduc doré et, subitement, tout refit surface, en un seul bloc : Jana et le bébé, la chaleur du Liban, son père et sa promise, puis il lui fut évident qu'il ne pourrait rien y changer.

Ça dura une éternité. Plus tard, un voisin dirait avoir entendu les coups entre les cris, des coups sourds sur de la matière flasque, comme chez le charcutier. Lorsque la police parvint enfin à dégager Hassan du buste de sa victime, sa bouche n'était plus qu'un tas de chair sanguinolent : avec le marteau, Hassan lui avait cassé onze dents.

Ce soir, il neigea de nouveau — c'était Noël.

LA CLÉ

Le Russe parlait allemand avec un fort accent. Ils étaient assis, ensemble, dans un café d'Amsterdam sur trois canapés rouges. Depuis des heures, le Russe buvait de la vodka, Frank et Atris, de la bière. Ils ne parvenaient pas à estimer l'âge du Russe. Cinquante ans peut-être. Sa paupière gauche tombait depuis un accident vasculaire cérébral, deux doigts manquaient à sa main droite. Il avait été soldat de métier dans l'armée rouge, «les Tchétchènes, etc.», disait-il, en tenant sa main estropiée en l'air. C'est volontiers qu'il parlait de la guerre; «Eltsine, c'est une gonzesse, mais Poutine, Poutine, lui, c'est un homme», assurait-il. Il affirmait que, de nos jours, c'était l'économie de marché, qu'ils l'avaient tous compris, que l'économie de marché, ça voulait dire qu'on pouvait tout acheter, qu'en Russie, une charge de député coûtait trois millions de dollars, un poste de ministre, sept millions. Il continua, affirmant que la guerre avec les Tchétchènes, c'était le bon temps, sans rire, que c'était des hommes, eux, que les Tchétchènes, il les avait respectés, qu'il en avait tué beaucoup. Il prétendit que chez eux, dès l'enfance, on jouait avec des kalachnikovs, que c'était des bons guerriers, pff! qu'on devait trinquer à tout ça, tiens! Ce soir-là, ils burent beaucoup.

Pendant longtemps, ils n'eurent d'autre choix que d'écouter le Russe. Enfin, il en vint aux pilules. D'après le Russe, elles étaient fabriquées par des chimistes ukrainiens dont l'entreprise nationale avait été dissoute — une fois chômeurs, ils avaient dû privatiser pour nourrir femmes et enfants. Par ailleurs, le Russe leur avait proposé tout ce qui était possible et imaginable: mitrailleuses, obusiers, grenades. Il conservait la photo d'un char dans son portefeuille. Avec tendresse, il avait regardé le cliché avant de le faire circuler. Il avait ajouté qu'il pouvait également leur procurer des virus mais que c'était un sale trafic. Tous, ils avaient opiné du chef.

Frank et Atris ne voulaient pas d'armes, ils voulaient les pilules. La nuit passée, ils avaient essayé cette drogue sur trois filles ramassées en discothèque. Les jeunes femmes avaient dit moitié en anglais, moitié en allemand qu'elles étudiaient l'histoire et la politique. De retour à l'hôtel, ils avaient bu et badiné. Frank et Atris leur avaient donné les pilules. Atris ne pouvait s'empêcher de penser à ce qu'ils avaient fait ensuite. La rousse s'était allongée sur la table, face à Frank, et avait renversé les glaçons du seau à champagne sur son visage. Elle avait crié qu'elle était trop chaude et qu'on devait la frapper mais Frank n'en avait pas eu envie. Il se tenait debout devant la table, le pantalon sur les chevilles, en fumant un barreau de chaise — ses hanches suivaient un rythme lent et régulier, les jambes de la jeune femme reposaient sur sa poitrine. Ce faisant, il discourait en des termes alambiqués sur la chute du communisme et ses conséquences pour le trafic de drogue. À cause du cigare, ce n'était pas évident à comprendre. Atris était allongé sur le lit et le regardait. Après qu'il eut dit aux deux jeunes femmes d'arrêter, elles s'étaient endormies entre ses cuisses — l'une d'entre elles, pendant son sommeil, avait gardé son gros orteil droit dans la bouche. Pour Atris, il était devenu évident que les pilules seraient idéales pour Berlin.

Le Russe parlait maintenant des chiens antidrogue, il savait tout à leur sujet. «En Corée du Sud, ils vont même jusqu'à cloner leurs bêtes parce qu'elles sont trop chères», assurait-il. Il fallait souder une caisse métallique dans la voiture et la préparer, l'on devait y fourrer des sacs-poubelle, du café, de la lessive et séparer le tout avec du film plastique épais. C'était la seule chose à faire pour que les chiens ne sentent rien. Puis il parla de nouveau de la guerre. Il demanda à Atris et à Frank s'ils avaient déjà tué. Frank fit non de la tête.

«Les Tchétchènes, c'est comme les chips, dit le Russe.

— Quoi? dit Frank.

— Chips. Les Tchétchènes, c'est comme un paquet de chips.

— Je ne comprends pas, dit Frank.

— Quand t'as commencé à les tuer un jour, tu peux plus arrêter, jusqu'à ce qu'il y en ait plus. Tu dois tous les tuer. Jusqu'au dernier.»

Le Russe se mit à rire. Puis, d'un coup, il redevint sérieux. Il regardait sa main estropiée. «Sinon, ils reviennent, conclut-il.

— Ah! dit Frank. La vengeance des chips... On pourrait pas en revenir aux pilules?»

Il voulait rentrer.

Le Russe vociféra: «Sale petit con, pourquoi t'écoutes pas? Regarde ton pote. C'est juste un morceau de barbaque mais, au moins, lui, il écoute.»

Frank regarda Atris, assis dans un coin du canapé. Sur le front d'Atris s'était formée une veine bleu foncé. Frank connaissait cette veine et savait ce qui allait suivre.

«Ici, on parle de la guerre et t'as pas le temps d'écouter? On pourra pas faire des affaires. Vous êtes stupides», dit le Russe.

Atris se leva — il faisait dans les cent dix kilos. Il souleva la table en verre par l'un de ses côtés et la bascula à la verticale — bouteilles, verres et cendriers glissèrent sur le sol. Il marcha sur le Russe qui se leva plus vite qu'il ne l'avait escompté. Il tira un pistolet de sa ceinture et en appuya le canon sur le front d'Atris.

«On se calme, mon pote, dit-il. C'est un Makarov. Ça fait de gros trous, de très gros. Bien mieux que ces joujoux américains. Alors assieds-toi ou ça va être une vraie boucherie.»

Le visage rouge et bouffi, Atris recula d'un pas. Sur son front, la pression du canon avait laissé une marque blanche.

«Bon... Rasseyez-vous. Faut boire», dit le Russe, et d'appeler un serveur.

Ils s'assirent et burent encore.

Ce serait une affaire juteuse. Ils gagneraient beaucoup d'argent, il n'y aurait aucun problème. Pour l'heure, ils devaient juste prendre sur eux, pensait Atris.

En face du café se trouvait un arrêt de bus. Personne n'avait remarqué la fille assise sur le banc. Elle avait passé la capuche de son sweat noir — dans l'obscurité, elle se distinguait à peine de ce qui l'entourait. Elle ne montait dans aucun bus. Elle semblait dormir. Elle n'avait ouvert les yeux qu'un court instant lorsque Atris avait bondi. Le reste du temps, elle était restée immobile.

Atris et Frank ne la remarquèrent pas. Ni ne virent le signe rapide que lui adressa le Russe.

*

Atris se tenait sur le balcon de l'appartement du Kurfürstendamm. Il regardait la Golf bleu clair. Il tombait un léger crachin. D'ici vingt-quatre heures, Frank serait de retour d'Amsterdam, ils auraient la nouvelle drogue concept, meilleure que tout ce qu'offrait le marché. Le Russe avait dit qu'ils toucheraient les pilules comme commissionnaires, qu'ils devraient ne le payer que dans trois semaines.

Atris se retourna et rentra lentement dans l'appartement de Frank. C'était un vieil immeuble berlinois classique, murs de 3,80 mètres sous plafond, stuc, parquet, cinq pièces — presque vides. La copine de Frank était architecte d'intérieur. «Il faut laisser agir les pièces», avait-elle commenté avant de faire enlever canapés, chaises et tout le reste. Depuis, tous, ils devaient s'asseoir sur des cubes de feutre gris aux dossiers minuscules — ce qu'Atris trouvait inconfortable.

Avant son départ, Frank avait dit à Atris ce qu'il devait faire. Ses instructions avaient été simples et claires. Frank s'adressait toujours à lui de manière simple et claire. «Ce n'est pas compliqué, Atris, contente-toi de m'écouter. Primo : ne quitte pas la clé des yeux. Secundo : fais attention à la Maserati. Tertio : ne sors de l'appartement que lorsque Buddy doit chier.»

Buddy, c'était le dogue de Frank. Frank l'avait fait répéter — à cinq reprises : «La clé, la Maserati, Buddy.» Ainsi, il n'oublierait pas. Atris était en admiration devant Frank. Il faut dire que jamais Frank ne se moquait de lui. Il lui avait toujours dit quoi faire et Atris s'y était toujours tenu. Toujours.

À quatorze ans, Atris était le plus faible de toute sa classe — et à Wedding, le plus faible est roué de coups. Frank l'avait pris sous son aile. C'est Frank également qui lui avait procuré son premier anabolisant. Il lui avait dit qu'en gobant ça, il deviendrait fort. Atris ignorait d'où Frank tenait sa came. À vingt ans, le docteur lui diagnostiqua une affection du foie. Son visage était recouvert de pustules et de nodules suintants. À vingt-deux ans, ses testicules avaient presque entièrement disparu. Mais entre-temps, Atris était devenu fort, plus personne ne se battait avec lui et il n'accordait aucun crédit aux rumeurs affirmant que les anabolisants provenaient de l'élevage.

Aujourd'hui, il regarderait quelques DVD, boirait de la bière et sortirait le dogue de temps à autre. La Maserati était garée dans la rue juste en dessous. Sur la table de la cuisine était posée la clé de la consigne. Frank avait tout noté sur un papier: «18 heures: nourrir Buddy.» Atris n'aimait pas l'énorme chien qui le regardait toujours d'un drôle d'air. Un jour, Frank avait dit qu'il avait donné des anabolisants à Buddy — quelque chose aurait mal tourné, si bien que le chien n'était plus comme avant. Mais dans son cas, dans le cas d'Atris, que tout le monde prend pour un demeuré, cette fois, il n'y aurait pas de problème.

Il retourna dans le salon et entreprit d'allumer la télévision Bang & Olufsen. Il s'assit sur l'un des tabourets en feutre et mit un certain temps à comprendre comment fonctionnait la télécommande. Atris était fier d'être celui à qui Frank confiait la responsabilité de son appartement, de son chien, de sa voiture et de la clé de la consigne dans la nouvelle gare. Il prit un joint sur la table et l'alluma. Ils allaient être riches, pensait-il — il achèterait une nouvelle cuisine à sa mère, celle au double four qu'il avait vue dans un magazine imprimé sur papier glacé, chez Frank. Il expira une bouffée de fumée avant de l'aspirer de nouveau. Puis, les pieds sur la table, il essaya de suivre le talk-show.

La nourriture du chien était composée de petits morceaux de bœuf finement hachés. L'écuelle était posée sur la table de la cuisine, le dogue couché sur le sol aux carreaux noir et blanc. Il commençait à avoir faim, renifla la viande, se leva, gronda et se mit à japper. Dans le salon, Atris lâcha la télécommande pour se ruer dans la cuisine. Il arriva trop tard. Le dogue avait tiré la nappe par terre, les morceaux de viande, agglutinés les uns aux autres, volèrent en un seul amas. Atris réalisa que le dogue était maintenant tout à fait debout, la gueule grande ouverte, à attendre. Soudain, il

vit briller quelque chose parmi les morceaux de viande. Il
lui fallut un quart de seconde pour comprendre. Il cria:
«Va...», et bondit depuis le pas de la porte. Le chien fut
plus rapide et ne lui accorda pas la moindre attention. La
gueule ouverte de la bête claqua sur le tas de viande, il ne
fit pas mine de mâcher, il avala tout rond. Atris glissa sur
le sol et s'aplatit devant le dogue, contre le mur. Le chien
lécha le carrelage jusqu'à la dernière miette. Atris lui cria
dessus, il lui ouvrit grand la gueule et regarda à l'intérieur,
il lui ceintura la gorge de son bras, le serra contre sa poitrine et l'étrangla. Le chien grogna, il faisait claquer ses
mâchoires, Atris n'avait pas été assez vif, le chien attrapa
le lobe de son oreille gauche et l'arracha. Atris tapait du
poing sur la gueule du chien. Puis il s'assit par terre, du
sang coulait sur le carrelage, sa chemise était déchirée.
Atris et le dogue se fixaient mutuellement. À peine deux
heures que Frank était parti et il avait déjà tout fichu en
l'air: le chien avait gobé la clé de la consigne.

*

Ils le battirent quasiment à mort. Par erreur.

Depuis qu'il avait passé la frontière, Frank était suivi
par une unité spéciale d'intervention. Il s'était garé sur
un parking. Il devait aller aux toilettes. Le chef de l'opération était nerveux. Il prit la mauvaise décision et donna
l'ordre de l'arrêter. La direction de la police judiciaire du
Land dut rembourser au gérant de la station-service les
deux lavabos brisés, la cuvette des W-C, la porte fracassée,

le séchoir à main et payer pour le nettoyage de la pièce. Ils
traînèrent Frank hors des sanitaires avec un sac sur la tête
et le conduisirent à Berlin. Il ne s'était pas laissé faire.

La fille au sweat à capuche avait suivi la Golf de Frank
depuis Amsterdam. Grâce à ses jumelles de poche, elle
n'avait rien perdu de l'intervention policière. Après que
tout fut fini, elle avait appelé Amsterdam avec un portable
volé, depuis une cabine téléphonique. La conversation
dura douze secondes. Puis elle s'en était retournée dans
sa voiture, avait rentré une adresse dans le GPS, ôté sa
capuche et poursuivi son trajet sur l'autoroute.

ⱶ

Atris avait attendu huit heures que le chien recrachât la
clé. Puis il abandonna et tira l'animal dans la rue. Entre-
temps, la pluie tombait plus drue. Le dogue fut trempé
et lorsque enfin Atris parvint à la Maserati, tout sentait le
chien mouillé. Il lui faudrait nettoyer les sièges plus tard
mais, pour l'heure, c'est de la clé qu'il avait besoin. Le
vétérinaire lui avait dit au téléphone qu'il pouvait passer
maintenant. Atris mit le contact. Il était furieux. Le démarrage fut trop brusque, la voiture bondit hors de la place de
parking, l'aile droite heurta le pare-chocs de la Mercedes
garée juste devant dans un son métallique. Atris descendit
en jurant et considéra la rayure. Il essaya de polir les dégâts
en y passant les doigts, un éclat de peinture métallique le
coupa ; il saigna. Atris donna un coup de pied à la Mercedes, remonta et partit. Le sang de son doigt colora le cuir
clair du volant.

La clinique vétérinaire était située au rez-de-chaussée d'une maison dans le quartier de Moabit. On pouvait lire sur le petit écriteau bleu « Vétérinaire — animaux domestiques et de petite taille ». Atris ne savait pas bien lire. Après avoir déchiffré l'écriteau, il se demanda si Buddy était un animal de petite taille. Il tira le chien de la voiture et lui botta le train dans la rue. Buddy essaya de le mordre mais Atris esquiva, jurant : « Putain de chien, p'tite merde. » Parce qu'il ne voulait pas attendre, il hurla sur la secrétaire. Elle le fit passer avant tout le monde tant il criait. Une fois dans le cabinet, il posa mille euros en coupures de cinquante sur la table en acier, devant le vétérinaire.

« Docteur, ce sale clébard a avalé une clé. J'ai besoin de la clé. Mais j'ai besoin du chien, aussi. T'ouvres le clebs, tu sors la clé et tu refermes le bazar, dit Atris.

— Il me faut d'abord faire une radio, répondit le vétérinaire.

— C'que tu fais, j'en ai rien à foutre. J'ai besoin de la clé. J'dois me tirer. J'ai besoin de la clé et du clébard.

— Vous ne pouvez pas l'emmener avec vous si je l'opère. Il doit rester au moins deux jours ici — pour se reposer. Vous devez me le laisser.

— Ouvre-le, puis il repart avec moi. Il est coriace ce clébard, il survivra.

— Non.

— J'te donne plus d'argent.

— Non. Que vous me donniez plus d'argent ne guérira pas le chien.

— C'est des conneries, répondit Atris. Avec l'argent, on guérit tout. C'est pas au clebs que je donne l'argent, c'est à toi. Tu l'ouvres, tu sors la clé et tu le refermes. Tu prends l'argent. On s'en va et tout le monde est content.

— Ça m'est impossible. Essayez de comprendre, s'il vous plaît. Ce n'est tout simplement pas possible. Qu'importe combien vous me donnez.»

Atris réfléchissait. Il tournait en rond dans le cabinet.

«OK. Alors autre chose : le clebs, il peut pas tout simplement chier la clé ?

— Si vous avez de la chance, oui.

— Tu peux pas lui donner un truc pour qu'il chie plus vite ?

— Vous pensez à des laxatifs ? oui, ça ferait l'affaire.

— Tu vois bien. T'es vraiment con, ma parole ! pourquoi c'est à moi de te dire ce qu'il faut faire ? c'est toi le docteur après tout. Donne-lui des trucs pour chier. Plein, autant que pour un éléphant. Allez, bouge-toi le cul !

— Vous devez lui donner des laxatifs d'origine naturelle. Du foie, du mou ou de la tétine.

— Hein ?

— Ça aide.

— Tu déconnes ou quoi ? Et où j'en trouve de la tétine ? J'peux pas pousser le chien contre une vache et lui faire arracher ses mamelles.»

Atris jeta un coup d'œil sur la poitrine de la secrétaire.

«Vous pouvez vous procurer tout ça dans une boucherie.

— Donne-lui un médicament. Allez ! T'es véto, tu donnes des médicaments. Un boucher donne de la tétine. Chacun son taf, tu piges ?»

Le vétérinaire ne voulait plus discuter. Il y a une semaine, sa banque lui avait écrit qu'il devait renflouer son compte. Sur la table, il y avait mille euros. Pour finir, il donna de l'Animalax au chien et comme Atris posa deux cents euros supplémentaires sur la table, il lui prescrivit cinq fois la dose recommandée par le fabricant.

Atris tira Buddy dans la rue. Il tombait des cordes. Il jura. Le vétérinaire avait dit que le chien devait faire de l'exercice, le médicament n'en agirait que plus vite. Comme Atris n'avait aucune envie d'être trempé, il bloqua la laisse dans la porte passager et roula au pas. Le chien trottait à côté de la Maserati. Les autres voitures klaxonnaient, Atris augmenta le volume de la musique. Un policier l'arrêta, Atris lui dit que le chien était malade. Le policier le morigéna, il fit alors remonter le dogue dans la voiture et continua.

Au carrefour suivant, il l'entendit : un grognement sourd, menaçant. Le dogue ouvrit la gueule, il haleta, aboya de douleur. Puis il se vida. Il s'arc-boutait sur le siège avant ; la tête passée entre les dossiers, vers l'arrière, il mordit dans le cuir et en arracha un grand morceau. Des excréments liquides jaillirent sur les sièges, les vitres, le sol et la plage arrière. De ses pattes, le chien en répandait partout. Atris freina et bondit hors de la voiture. Il referma la porte. Ça dura vingt minutes. Atris resta sous la pluie. Les vitres étaient embuées de l'intérieur. De temps à autre, il entrapercevait la gueule du chien, ses gencives rouges, sa queue, il entendait son aboiement clair tandis que les excréments n'en finissaient pas d'éclabousser les fenêtres. Atris pensait à Frank. Et à son père. Lorsqu'il était enfant, il lui avait dit qu'il était trop con pour marcher droit. Atris songea que, peut-être, son père n'avait pas tout à fait tort.

*

Frank sortit du coma dans l'infirmerie de la maison
d'arrêt de Berlin. L'unité spéciale d'intervention n'y était
pas allée de main morte ; il souffrait d'une sévère commo-
tion cérébrale, tout son corps était couvert d'hématomes,
ils lui avaient cassé la clavicule et l'humérus droit. Le juge
d'instruction lui fit lecture du mandat d'arrêt à côté de
son lit, il ne retournait que de résistance violente à une
personne dépositaire de l'autorité publique et de coups et
blessures : l'un des huit fonctionnaires s'était cassé le petit
doigt. La police n'avait pas trouvé de drogue mais était certaine qu'il y en avait.

J'assurai sa défense. Frank se tairait. Il serait difficile
pour le Parquet de prouver le trafic de stupéfiants. L'entrevue relative au contrôle de la régularité et de la légalité de
la détention était fixée dans treize jours. Si aucun élément
nouveau n'était versé au dossier, Frank serait relâché.

*

« Tu pues la merde », constata Hassan.

Atris lui avait téléphoné. Au préalable il avait fouillé la
Maserati, chemise et pantalon étaient recouverts d'excréments. Il n'avait pas trouvé la clé. Elle devait être encore
à l'intérieur du chien. Atris n'avait su que faire. Hassan
était son cousin. Dans la famille, il passait pour quelqu'un
d'intelligent.

« Je sais que je pue la merde. La voiture pue la merde.
Buddy pue la merde. Je pue la merde. Je sais bien. Pas
besoin que tu me le dises.

— Atris, tu pues *vraiment* la merde », surenchérit Hassan.

Le commerce d'Hassan se situait sous l'une des nombreuses arches aménagées du métro berlinois. Le bailleur en était la société de transport. On y trouvait des garages, des entrepôts et des dépôts-ventes. Hassan faisait dans les pneus de voiture. On lui payait l'enlèvement de vieux pneus, il les chargeait dans un camion et les jetait dans un ravin qu'il avait déniché dans un bois de Brandebourg. Les affaires marchaient. Tous, ils s'accordaient à dire qu'il était un habile businessman.

Atris exposa à Hassan ses démêlés avec le chien. Hassan l'invita à faire entrer le dogue — il avait l'air misérable, son pelage blanc était devenu marron.

« Le clébard aussi, il pue », observa Hassan.

Et Atris de soupirer.

« Attache-le au poteau en acier », dit Hassan.

Il montra à Atris la douche au fond de la pièce et lui donna une tenue de travail fraîchement lavée, aux couleurs des services municipaux de la voirie. Elle était orange.

« C'est quoi ? s'enquit Atris.

— Je m'en sers pour l'enlèvement des pneus », répondit Hassan.

Atris se déshabilla et fourra ses vieilles affaires dans un sac-poubelle. En sortant de la douche vingt minutes plus tard, la première chose qu'il vit fut le cric. Au milieu d'une flaque de sang. Quant à Hassan, il était assis sur une chaise — il fumait. Il désigna le cadavre canin sur le sol.

« Désolé, mais vaudrait mieux que tu te déshabilles de nouveau. Si tu le découpes avec ces fringues, tu vas les salir. C'est ma dernière tenue propre.

— Fais chier.

— Il n'y a pas d'autre solution. La clé serait jamais sortie.

Elle est accrochée dans l'estomac. On va te trouver un nouveau chien.

— Et la Maserati ?

— J'ai déjà téléphoné. Mes gars vont te revoler la même. Plus qu'à attendre. On te donnera la nouvelle.»

*

Atris regagna l'appartement du Kurfürstendamm sur le coup de deux heures du matin. Il avait garé la Maserati dans le garage souterrain. La voiture n'avait rien à voir avec l'ancienne ; elle était rouge et non bleue, les sièges noirs et non beiges. Ce ne serait pas une mince affaire d'expliquer cela à Frank.

Atris emprunta l'ascenseur. La clé colla un peu dans la serrure de la porte d'entrée. Il était trop fatigué pour s'en rendre compte. Il ne put se défendre, il n'essaya même pas. L'inconnue était svelte, elle portait un sweat à capuche, il ne pouvait distinguer son visage. Son pistolet était énorme.

«Pas un mot», asséna-t-elle.

Sa voix était chaude.

Elle enfonça le canon entre les dents d'Atris. Il avait un goût de graisse.

«Recule doucement. Si tu fais un faux pas ou si je tombe, plus de tête. C'est pour ça que tu dois faire gaffe. T'as compris ?»

Prudemment, Atris opina du chef. La mire du pistolet appuyait contre ses dents. Ils allèrent dans le salon.

«Je m'assois sur le tabouret. Tu te mets à genoux devant moi. Tout doucement.»

Elle lui parlait comme un médecin à ses patients. La fille s'assit sur l'un des tabourets en feutre. Atris s'agenouilla à ses côtés, le canon toujours dans la bouche.

«Très bien. Si tu fais tout comme il faut, il ne se passera rien. Je ne veux pas te tuer. Mais ça me serait égal de le faire. Pigé?»

De nouveau, Atris acquiesça.

«Bien. Je vais éclairer ta lanterne.»

Elle parlait lentement, si lentement que rien n'échappa à Atris. Elle se renversa en arrière sur le tabouret et croisa les jambes. Atris était forcé de suivre le mouvement — il pencha la tête en avant.

«Ton collègue et toi, vous nous avez acheté des pilules. Vous voulez nous donner 250 000 euros en échange. Ton collègue a été arrêté sur l'autoroute. On est désolés. Mais tu dois quand même nous filer l'argent.»

Atris déglutit. Frank s'est fait épingler, pensa-t-il. Il acquiesça. Elle attendit jusqu'à ce qu'elle fût certaine que rien n'avait échappé à Atris.

«Je suis ravie que tu comprennes. Maintenant, je te pose une question. Puis tu pourras sortir le canon de ta bouche et répondre. Après ta réponse, tu remets le canon dans ta bouche. C'est aussi simple.»

Atris s'habituait à la voix. Il ne devait pas réfléchir. Il ferait tout ce que lui dirait la voix.

«Où est l'argent?», demanda-t-elle.

Atris ouvrit la bouche et répondit:

«L'argent est à la gare. Buddy a avalé la clé, il a tout chié, je devais…

— Silence, interrompit l'inconnue d'une voix cinglante. Remets tout de suite le canon dans ta bouche.»

Atris se tut et obéit.

« Ton histoire est trop longue. Je ne veux pas entendre un roman. Je voudrais juste savoir où est l'argent. Je vais te répéter la question. Je voudrais que tu ne répondes qu'avec une seule phrase. Tu peux réfléchir tranquillement à la réponse. Quand tu sauras ce que tu veux dire, t'ouvres la bouche et tu me dis cette phrase. Mais que cette phrase. Si tu dis plus que cette seule phrase, je te coupe les couilles. T'as compris ? »

Le ton de sa voix n'avait pas changé. Atris commençait à transpirer.

« Où est l'argent ?

— Dans une consigne automatique, à la gare », répondit Atris. Il replaça immédiatement le canon dans sa bouche.

« Très bien, t'as compris. C'est exactement comme ça qu'il faut faire. Maintenant, la seconde question. T'y réfléchis, t'ouvres la bouche, tu dis une seule phrase et tu refermes la bouche. Pense bien à la réponse. Alors, voici ma question : qui a la clé de la consigne ?

— Moi », dit Atris, puis de refermer la bouche sur-le-champ.

« Tu l'as sur toi ?

— Oui.

— Je suis fière de toi. C'est comme ça qu'on pourra avancer. Maintenant, la prochaine question. Où est ta voiture ?

— Dans le garage souterrain.

— Je constate qu'on parvient à s'entendre. Là, ça va devenir un peu plus compliqué. Voilà ce que nous allons faire ; tu te lèves mais tu fais ça tout doucement. Tu piges ? Tout tient en cela : tout doucement. Il est évident que nous ne souhaitons pas que les choses tournent mal juste parce que je sursaute. Si nous sommes prudents, rien ne se passera.»

Atris se redressa lentement. Il avait encore le pistolet en bouche.

«Là, je vais le retirer de ta bouche. Puis tu vas te tourner et aller vers la porte. Je reste derrière toi. Nous allons aller ensemble à la gare. Si l'argent y est, tu pourras filer.»

Atris ouvrit la bouche. Elle en retira le canon.

«Avant que nous partions, il y a encore quelque chose que tu dois savoir. Le pistolet est chargé avec des cartouches spéciales. Elles contiennent une goutte de glycérine. Tu marches devant moi. Si tu pars en courant, je tire. La glycérine explosera à l'intérieur de ton corps. On ne pourra plus te reconnaître. T'as pigé?

— Oui.»

Pour rien au monde, il ne se mettrait à courir.

Pour descendre, ils empruntèrent l'ascenseur. Atris passa le premier et ouvrit la porte du garage souterrain. Quelqu'un cria: «C'est lui le salaud!» La dernière chose que vit Atris fut une batte de base-ball en métal — aux éclats rouges.

*

Ils n'auraient pas dû voler cette Maserati. Le bolide appartenait à un rappeur — il avait dîné dans la Schlüterstraße en compagnie de son amie. Ne trouvant pas sa voiture en sortant du restaurant, il avait appelé la police; le véhicule n'avait pas été enlevé par la fourrière. Ç'avait mis sa copine de fort mauvaise humeur. Elle l'avait asticoté jusqu'à ce qu'il appelât un de ses vieux amis de Kreuzberg:

Muhar El Keitar avait alors promis de prendre l'affaire en main.

Pour qui n'était pas de la police, il fut aisé de trouver qui était en possession de la voiture. El Keitar était à la tête d'une grande famille. Tous, ils venaient du même village ; des Kurdes libanais. El Keitar voulait la voiture. Il le fit clairement savoir. Son ami, le rappeur, était entre-temps devenu une célébrité, il souhaitait l'aider coûte que coûte. Les quatre hommes qui rendirent visite à Hassan sur ordre de Muhar El Keitar ne voulaient pas le tuer mais juste savoir à qui la voiture était destinée. Les choses tournèrent mal. Une fois de retour, ils dirent qu'Hassan avait absolument tenu à se défendre. Il avait dit où se trouvait l'auto puis c'en avait été fini.

*

Lorsque Atris recouvra ses esprits, il était assis sur une chaise en bois. Il était nu — on l'avait ligoté. C'était une pièce humide, sans fenêtre. Atris prit peur. Tout le monde, à Kreuzberg, avait déjà entendu parler de cette cave. Elle était la propriété de Muhar El Keitar. Nul n'ignorait qu'El Keitar prenait plaisir à torturer. On disait qu'il avait appris cela au cours de la guerre au Liban. Beaucoup d'histoires circulaient à ce propos.

« C'est quoi ce délire ? » demanda Atris aux deux hommes assis face à lui sur une table.

Sa langue était rugueuse et gonflée. Entre ses jambes, il y avait une batterie de voiture d'où partaient deux câbles.

« Attends, dit le plus jeune.

— Attendre quoi ?

— Attends, c'est tout », intima le plus vieux.

Dix minutes plus tard, Muhar El Keitar descendit les escaliers. Il regarda Atris. Puis il cria sur les deux hommes.

« Je vous ai dit mille fois de mettre des bâches en plastique sous la chaise. Pourquoi ne voulez-vous rien comprendre ? La prochaine fois, je ne dirai rien et on verra bien comment vous allez nettoyer cette saloperie. »

En réalité, Muhar El Keitar ne voulait torturer personne. Dans la plupart des cas, cette seule phrase suffisait à tirer des aveux de ses victimes.

« Qu'est-ce que tu veux, Muhar ? demanda Atris. Qu'est-ce que je dois faire ?

— T'as volé une voiture.

— Non, j'ai pas volé de voiture. C'est les gars qui l'ont volée. L'autre Maserati était pleine de merde.

— Bien, je comprends, répondit El Keitar qui ne comprenait pas. Tu dois rembourser la voiture. Elle appartient à un ami.

— Je vais la rembourser.

— Et tu me rembourses les faux frais, pour le dérangement.

— Bien sûr.

— Où est l'argent ?

— Dans une consigne automatique à la gare. »

Atris avait eu le loisir de réaliser à quel point il était vain de raconter de longues histoires.

« Où est la clé ? demanda Muhar El Keitar.

— Dans mon porte-monnaie.

— Vous êtes deux idiots, dit Muhar El Keitar à ses

hommes. Pourquoi ne l'avez-vous pas fouillé? On doit tout faire soi-même.»

El Keitar alla vers l'uniforme orange d'Atris.

«Qu'est-ce que c'est que ces fringues? demanda Muhar El Keitar.

— Ça aussi, c'est une longue histoire.»

Muhar El Keitar trouva la clé dans le porte-monnaie.

«Je me rends en personne à la gare. Vous faites attention à lui», dit-il à ses deux hommes avant de se tourner vers Atris: «Si l'argent s'y trouve, tu pourras filer.»

Il gravit les escaliers — puis les redescendit, à reculons; il avait un pistolet dans la bouche. Ses hommes de main attrapèrent les battes de base-ball.

«Reposez-les!» ordonna la fille au pistolet.

Muhar El Keitar hocha la tête avec insistance.

«Si nous restons tous calmes, il ne se passera rien, assura l'inconnue. Nous allons régler nos problèmes ensemble.»

*

Une demi-heure plus tard, Muhar El Keitar et le plus âgé de ses hommes étaient assis sur le sol de la cave, liés ensemble par des colliers de serrage — la bouche recouverte de bande adhésive. Le plus âgé n'avait conservé que son caleçon; Atris portait ses habits. Le plus jeune était assis dans une grande flaque de sang. Sortir un casse-tête de sa poche avait été une erreur. Alors que le pistolet de l'inconnue se trouvait encore dans la bouche d'El Keitar, de sa main gauche, elle avait dégainé un rasoir de la poche kangourou de son sweat, l'avait ouvert et avait tranché l'intérieur de la cuisse de son adversaire en profondeur. Ça se

passa en un éclair — à peine avait-il eu le temps de réaliser
ce qu'il lui arrivait. Il s'était effondré sur le coup.

«J'ai tranché ton artère fémorale, dit-elle. Tu vas te vider
de ton sang, ça durera six minutes. Ton cœur va expulser
tout ton sang hors de ton corps. C'est d'abord ton cerveau
qui n'en aura plus. Tu perdras connaissance.

— Aide-moi, supplia-t-il.

— Maintenant, la bonne nouvelle : tu peux survivre.
C'est facile : tu dois mettre ta main dans la blessure ; avec
tes doigts, tu trouveras l'extrémité de l'artère. Tu dois la
comprimer entre ton pouce et ton index.»

L'homme la regarda, bouche bée. La flaque s'était
agrandie.

«À ta place, je me dépêcherais», ajouta-t-elle.

Il trifouilla dans la plaie.

«Je la trouve pas, bordel! j'la trouve pas!»

Puis, d'un coup, le sang cessa de se répandre.

«Je l'ai!

— Maintenant, tu ne dois plus la lâcher. Si tu veux survivre, tu dois rester assis. Un médecin finira bien par arriver. Il refermera l'artère avec une petite pince en acier.
Alors reste calme.»

Et de dire à Atris : «Maintenant, on y va.»

Atris et l'inconnue se rendirent à la gare dans la Maserati volée. Atris alla à la consigne automatique et la déver-
rouilla. Il posa deux sacs devant la femme et les ouvrit. Elle
regarda à l'intérieur.

«Il y a combien? demanda-t-elle.

— 220 000 euros, répondit Atris.

— Et dans l'autre? C'est quoi?

— 1,1 kg de cocaïne.

— Bien. Je prends les deux. Maintenant, on n'en parle plus. Je m'en vais, tu ne me verras plus jamais et tu ne m'as jamais vue, dit-elle.

— Oui.

— Répète.

— Je ne vous ai jamais vue », répéta Atris.

L'inconnue fit demi-tour, prit les deux sacs et alla vers l'Escalator. Atris attendit un peu avant de s'engouffrer dans la cabine téléphonique la plus proche. Il décrocha et composa le numéro de la police.

« Une femme avec un sweat noir à capuche, environ 1,70 mètre, mince, dans la gare, elle se dirige vers la sortie. » Il connaissait le langage de la police.

« Elle est armée, elle porte un sac de faux billets et un sac avec un kilogramme de cocaïne. Elle a volé une Maserati bleue, non, rouge. Elle est garée au deuxième sous-sol », déballa-t-il — puis il raccrocha.

Il retourna à la consigne automatique et fouilla dans le casier. Derrière le monnayeur était collée une seconde clé, invisible de l'extérieur. Il s'en servit pour ouvrir le casier d'à côté et en retira un sac. Il jeta un coup d'œil à l'intérieur, l'argent y était toujours. Il retourna alors dans le grand hall et prit l'Escalator pour gagner les lignes de métro. Tout en bas, il voyait l'inconnue couchée sur le sol. Huit policiers l'encerclaient.

Atris prit le premier métro en direction de Charlottenburg. Au démarrage, il se bascula en arrière. Il avait l'argent. Demain, le gros paquet en provenance d'Amsterdam, rempli de pilules, arriverait chez sa mère ; Frank lui avait confectionné un colis avec un moulin à vent qui s'illuminait de vert et de rouge. Elle aimait ce genre de choses. À la poste, il paraîtrait qu'ils n'ont pas de chiens antidrogue, avait dit le Russe — c'est trop cher.

La femme écoperait de quatre ou cinq ans. Si la cocaïne n'était que du sucre, en revanche, Frank et Atris étaient déjà tombés pour fausse monnaie. Par ailleurs, s'ajoutaient la détention d'armes et le vol de voitures.

D'ici quelques jours, Frank serait libéré. Rien ne pouvait être retenu contre lui. Les pilules se vendraient bien. Lorsque Frank sortirait de prison, Atris lui offrirait un chien plus jeune — un plus petit, ça va de soi. Ils avaient économisé 250 000 euros, l'arrestation de la femme avait eu lieu au détriment du Russe, ainsi vont les règles. Frank pourrait s'acheter la nouvelle Maserati Quattroporte.

Après m'avoir déballé son sac, Atris conclut : « Les gonzesses, on peut vraiment pas leur faire confiance. »

SOLITUDE

Ce jour-là, elle était repassée devant la maison — pour la première fois depuis une éternité. Tout cela remontait à quinze ans. Elle s'était installée dans un café et m'avait téléphoné. Elle m'avait demandé si je me souvenais encore d'elle. M'avait dit qu'elle était maintenant une adulte, qu'elle était mariée, qu'elle avait deux enfants. Deux fillettes, de dix et neuf ans — elle m'assura qu'elles étaient belles, que la cadette lui ressemblait. Elle n'avait su qui appeler.

« Vous souvenez-vous encore de cette histoire ? » fit-elle.

Bien sûr que je m'en souvenais ! Il me revenait le moindre détail.

*

Larissa avait quatorze ans. Elle habitait chez ses parents. Sa famille vivait des aides sociales ; son père était au chômage depuis vingt ans, sa mère avait été femme de ménage — pour l'heure, tous deux, ils buvaient. Souvent, ses parents rentraient tard à la maison. Il arrivait aussi qu'ils ne rentrent pas du tout. Larissa s'y était accoutumée, ainsi qu'aux coups, de cette manière qu'ont les enfants de s'habituer à tout. À seize ans, son frère était parti et n'avait plus jamais donné signe de vie. Elle en ferait de même.

C'était un lundi. Ses parents étaient au bar, à deux rues de là, comme toujours — ou presque. Larissa était seule dans l'appartement; assise sur son lit, elle écoutait de la musique. Au tintement de la sonnette, elle alla à la porte et regarda par le judas. C'était Lackner, l'ami de son père, il habitait la maison d'à côté. Vêtu seulement d'un slip et d'un T-shirt, il demanda où étaient ses parents, rentra dans l'appartement, s'assura qu'elle était bien seule Puis il sortit le couteau. Il lui dit qu'elle devait s'habiller et venir avec lui, sans quoi il lui trancherait la gorge. Larissa s'exécuta, elle n'avait pas le choix. Elle partit avec Lackner, il voulait aller dans son appartement, on ne devait pas le déranger.

Mme Halbert, la voisine de palier, les croisa dans la cage d'escaliers. Larissa se dégagea, cria et courut dans ses bras. Bien plus tard, lorsque tout serait fini, le juge demanderait à Mme Halbert pourquoi elle n'avait pas protégé Larissa. Pourquoi elle avait défait l'étreinte de la jeune fille, l'abandonnant ainsi à Lackner. Le juge lui demanderait pourquoi elle avait permis à cet homme de partir avec la jeune fille bien qu'elle pleurât et suppliât. Et Mme Halbert répondrait, toujours de la même façon — à chacune des questions du magistrat, elle répéterait: «C'était pas mes oignons. Fallait pas que je m'en mêle.»

Lackner entraîna Larissa dans son appartement. Elle était encore vierge. Lorsqu'il en eut fini, il la congédia. «Bien le bonjour à ton vieux!» lui dit-il en guise d'au revoir. De retour chez elle, Larissa prit une douche si chaude qu'elle en eut la peau presque brûlée. Elle tira les rideaux de sa chambre, elle souffrait, avait peur, et personne à qui se confier.

Les mois suivants, Larissa se trouva mal. Elle était fatiguée, vomissait, elle était instable. Sa mère lui disait de ne pas manger tant de sucreries, qu'elles étaient responsables de ses brûlures d'estomac. Larissa prit presque dix kilos. Elle était en pleine puberté. Elle avait d'abord commencé par enlever les posters de chevaux des murs de sa chambre pour les remplacer par des photos tirées du magazine *Bravo*. Ça alla de mal en pis, les maux de ventre se firent plus insistants. «Une colique», assura son père. Elle n'avait plus ses règles, elle croyait que c'était dû au dégoût qu'elle éprouvait.

Le 12 avril, à midi, elle parvint à peine à se rendre aux toilettes. Elle croyait que ses intestins allaient exploser. Toute la matinée, elle avait eu des contractions abdominales. C'était autre chose. Elle passa la main entre ses jambes et sentit un corps étranger. Ça sortait d'elle. Elle tâtonna — des cheveux mouillés, une tête minuscule. «Ça ne doit pas être en moi», dit-elle plus tard — elle dit n'avoir pensé qu'à ça, encore et toujours: «Ça ne doit pas être en moi.» Peu de temps après, le bébé tomba dans la cuvette des W-C, elle entendit les éclaboussures. Elle resta assise. Longtemps, sans notion du temps.

Puis elle se leva. Le bébé était là, en dessous, dans la cuvette, blanc et rouge, barbouillé — mort. Elle attrapa les ciseaux à ongles dans l'armoire au-dessus du lavabo et coupa le cordon ombilical. Elle s'essuya avec du papier hygiénique, ne pouvait se résoudre à le jeter sur le bébé, s'en débarrassa alors dans la poubelle en plastique de la salle de bains. Elle s'assit à même le sol jusqu'à en avoir froid. Puis elle essaya de sortir, bancale — elle prit un sac-poubelle dans la cuisine. Elle s'appuya contre le mur où sa main laissa une empreinte de sang. Puis elle tira le bébé des toilettes — de si petites jambes! elles étaient très fines, presque autant que ses doigts. Elle l'étendit sur une serviette de bain, lui jeta un rapide coup d'œil, rapide mais déjà beaucoup trop long — il gisait là, sa tête était bleue, ses yeux fermés. Puis elle referma la serviette autour du bébé et mit l'ensemble dans le sac. Avec précaution, «comme une miche de pain», songea-t-elle. Elle emporta son paquet dans la cave, des deux mains, et le remisa entre les vélos. Elle pleurait en silence. Dans les escaliers qu'elle remontait, elle se mit à saigner. Le sang coulait le long de ses cuisses — elle ne s'en rendit pas compte. Elle parvint à atteindre l'appartement dans le couloir duquel elle s'effondra. Sa mère était de retour, elle appela les pompiers. À l'hôpital, les médecins alertèrent la police après avoir récupéré le délivre.

La policière était sympathique. Elle ne portait pas d'uniforme et caressait le front de la jeune fille. Larissa était couchée dans un lit propre, une sœur avait disposé des fleurs à son attention. Elle raconta tout. «Il est dans la cave», renseigna-t-elle. Puis elle dit ce que personne ne crut : «Je ne savais pas que j'étais enceinte.»

Je rendis visite à Larissa à la prison pour femmes. Un juge de mes amis m'avait prié d'assurer sa défense. Elle avait quinze ans. Son père donna une interview à la presse à scandales : ç'avait toujours été une gentille enfant, lui non plus ne comprenait pas. Son témoignage lui rapporta cinquante euros.

Les dénis de grossesse ont toujours existé. Chaque année, en Allemagne, mille cinq cents femmes réalisent trop tard qu'elles sont enceintes. Et chaque année trois cents femmes ne le réalisent qu'à l'accouchement. Elles mésinterprètent tous les signes : l'absence de menstruation est due au stress, le ventre se gonfle en raison d'un excès de nourriture, la poitrine grossit à cause d'un dérèglement hormonal. Les femmes concernées sont soit très jeunes, soit au-delà de la quarantaine. Beaucoup d'entre elles ont déjà eu des enfants. L'être humain peut refouler bien des choses, personne ne sait comment cela fonctionne. Parfois, persuadées de n'être pas enceintes, elles en convainquent leur entourage : même les médecins sont bernés et hésitent à effectuer des examens plus approfondis.

Larissa fut acquittée. Le président dit que l'enfant était vivant à la naissance, puis qu'il était mort noyé, que ses poumons étaient développés, qu'on y avait retrouvé des bactéries E.coli. Il affirma qu'il croyait Larissa, qu'elle avait été traumatisée par le viol et n'avait pas désiré l'enfant. Qu'elle avait tout refoulé, si fortement et totalement, qu'en effet elle n'avait rien su de sa grossesse. Que lorsqu'elle avait donné naissance à l'enfant sur les toilettes, elle en avait été surprise ; ça l'avait plongée dans un état où elle n'était plus en mesure de distinguer le bien du mal. D'après le président, elle n'était pas responsable de la mort du nouveau-né.

Au cours d'un autre procès, Lackner fut condamné à une peine de prison ferme de six ans et demi.

Larissa rentra chez elle en métro. Elle n'avait que le sac en plastique jaune dans lequel la policière avait emballé ses affaires. « Ben, dis voir comment ça s'est passé chez le juge, quoi ? » l'interrogea sa mère. Six mois plus tard, Larissa partait de chez elle.

*

À la suite de notre entretien téléphonique, elle m'envoya une photo de ses enfants. Elle y joignit une lettre qu'elle avait dû écrire très lentement — une belle écriture ronde sur du papier bleu : « Tout va bien avec mon mari et mes enfants. Je suis heureuse. Mais je rêve souvent du bébé qui est resté tout seul dans la cave. C'était un garçon. Il me manque. »

JUSTICE

Le tribunal pénal est situé à Berlin, dans le quartier de Moabit; un quartier triste dont personne ne sait d'où provient le nom — il fait penser au mot slave *Moor*. Il s'agit du plus important tribunal criminel d'Europe. Le bâtiment compte 12 cours et 17 escaliers. 1 500 personnes y travaillent, dont 270 juges et 350 avocats. Près de 300 audiences s'y tiennent quotidiennement, environ 1 300 personnes de 80 nationalités différentes y sont détenues provisoirement et, chaque jour, y passent plus de 1 000 visiteurs, témoins et plaideurs. Environ 60 000 procédures pénales s'y déroulent annuellement. Voilà pour les statistiques.

La fonctionnaire qui amena Turan annonça à voix basse qu'il s'agissait «d'un pauvre type». Il entra au parloir sur deux béquilles, il traînait la jambe droite. Il aurait pu être l'un de ces clochards que l'on croise dans les rues piétonnières. Son pied gauche était tourné vers l'intérieur. Il avait quarante et un ans, un petit homme menu, juste la peau sur les os, le visage cave, peu de dents, non rasé — négligé. Pour me serrer la main, il dut caler une de ses béquilles sur son ventre, il était hagard. Turan s'assit et entreprit de me raconter son histoire. Il purgeait une peine pour n'avoir pas déféré aux convocations du tribunal : avec son pitbull, il aurait agressé un homme. Il l'aurait « brutalement roué de coups ». Turan avait clamé son innocence. Il avait besoin de temps pour formuler ses réponses, il parla longtemps. Je ne comprenais pas tout ce qu'il disait mais il n'avait pas besoin de fournir de longues explications : il pouvait à peine marcher, n'importe quel chien l'aurait croqué. Lorsque je voulus partir, il m'attrapa soudainement le bras, ses béquilles tombèrent sur le sol ; il m'assura qu'il n'était pas un mauvais bougre.

Quelques jours plus tard le dossier arriva du Parquet. Un maigre dossier, à peine cinquante pages : Horst Kowski, quarante-deux ans, se baladait à Neukölln — un quartier berlinois où les écoles doivent recourir aux services de vigiles, où les classes primaires comptent jusqu'à 80 % d'étrangers, où un habitant sur deux vit des aides sociales. Horst Kowski promenait son basset qui commença à se battre avec un pitbull. Ça mit le maître du pitbull en colère, la dispute s'envenima, il tabassa Kowski.

Kowski regagna son domicile avec la bouche en sang, le nez cassé, la chemise déchirée. Sa femme le pansa. Elle lui assura qu'elle connaissait l'homme au pitbull ; il s'appellerait Tarun. Il s'agirait d'un client régulier de l'institut de bronzage où elle travaillait. Elle chercha dans l'ordinateur de l'institut, trouva la carte de fidélité de Tarun ainsi que son adresse : Berlin, Kolbe-Ring, 52. Le couple se rendit au poste de police, Kowski y déposa une version imprimée du fichier informatique. Tarun ne figurait pas dans le registre

municipal de déclarations de résidence, ce qui n'étonna
pas les fonctionnaires : à Neukölln, l'obligation de déclarer
son domicile n'est pas toujours respectée.

Le lendemain, un policier en patrouille ne trouva
aucun Tarun parmi les cent quatre-vingt-quatre sonnettes
du Kolbe-Ring, 52. Toutefois, une étiquette portait le
nom de « Turan ». Le policier se renseigna au bureau de
déclarations de résidence du Land auprès duquel un Har-
kan Turan, domicilié au Kolbe-Ring, 52, s'était fait enre-
gistrer. Le fonctionnaire pensa que les lettres avaient été
inversées, qu'il s'agissait bel et bien d'un « Turan » et non
d'un « Tarun ». Il sonna. Comme personne ne répondait, il
déposa dans la boîte aux lettres une convocation invitant
Turan à se manifester.

Turan ne se rendit pas au poste. Pas plus qu'il ne se fit
excuser. Au bout de quatre semaines, le fonctionnaire
transmit le dossier au Parquet. Le procureur requit le
prononcé d'une ordonnance pénale, un juge la signa. « Si
jamais ce n'est pas lui, il se manifestera », se disait-il.

Quand Turan reçut l'ordonnance pénale, il était encore
temps de changer le cours des choses ; il n'avait qu'à
adresser une seule ligne au tribunal. Après deux semaines,
l'ordonnance devint définitive et par conséquent exécu-
toire. Le département en charge du recouvrement envoya
un formulaire d'information bancaire, il devait s'acquitter
de l'amende. Bien sûr, il ne paya pas ! D'où aurait-il tiré
l'argent ? L'amende se transmua en une peine de prison.
La maison d'arrêt lui écrivit de se présenter sous un délai
de quinze jours. Turan jeta la lettre aux ordures. Trois

semaines plus tard, à huit heures du matin, deux policiers passèrent le prendre. Depuis, il croupissait en prison. Turan serinait : « C'est pas moi. Les Allemands sont si organisés, ils doivent bien le savoir. »

La malformation de Turan était congénitale. Il était opéré constamment. J'écrivis à ses médecins et transmis son dossier médical à un expert. Il m'assura que Turan aurait été incapable de tabasser qui que ce soit. Les amis de Turan vinrent à mon cabinet. D'après eux, il avait peur des chiens — il ne faisait aucun doute qu'il n'en avait jamais eu. Par ailleurs, l'un de ses amis connaissait le Tarun au pitbull. Je demandai la réouverture du dossier. Turan fut libéré. Trois mois plus tard, l'audience eut lieu. Kowski affirma n'avoir jamais vu Turan.

Turan fut innocenté. La justice oublia le procès contre Tarun.

D'après la loi, Turan était en droit d'exiger du Trésor public onze euros pour chaque jour de prison. La requête doit être effectuée sous six mois. Turan ne reçut pas l'argent ; il avait laissé passer la date limite.

L'ARRANGEMENT

Alexandra était belle ; blonde, des yeux marron. Sur d'anciennes photos on lui voit un ruban dans les cheveux. Elle avait grandi à la campagne dans les environs d'Oldenburg où ses parents étaient éleveurs ; ils avaient des animaux domestiques — vaches, cochons, poules. Elle n'aimait pas ses taches de rousseur, lisait des romans historiques et voulait à tout prix vivre en ville — une fois son brevet en poche, son père lui dénicha une place d'apprentie dans une boulangerie respectable. Sa mère l'aida à chercher son appartement. Au début, elle avait le mal du pays et retournait passer les week-ends en famille. Puis elle se fit des amis en ville. Elle s'y trouvait bien.

Après son apprentissage, elle acheta sa première voiture. Si sa mère lui avait donné l'argent, en revanche, elle tenait à effectuer les démarches toute seule. Elle avait dix-neuf ans, le vendeur était de dix ans son aîné, il était grand et svelte. Ils firent un tour de démonstration au cours duquel il lui expliqua le fonctionnement du véhicule. Elle ne pouvait s'empêcher de regarder les mains du vendeur, elles étaient fines et bien dessinées, elles lui plaisaient. Une fois

le tour fini, Thomas lui proposa d'aller au restaurant ou
au cinéma. Elle était trop nerveuse, se prit à rire et déclina
l'invitation. Mais comme elle nota son numéro de téléphone sur le contrat de vente, une semaine plus tard, ils
avaient rendez-vous ensemble. Elle aimait sa façon de parler de tout et de rien, aimait qu'il lui dît ce qu'elle devait
faire. Tout était pour le mieux.

Ils se marièrent deux ans plus tard. Sur la photo de
mariage, elle porte une robe blanche. Elle a la peau bron-
zée, elle rit face à l'appareil et tient le bras de son époux qui
mesure deux têtes de plus. Ils avaient embauché un pho-
tographe professionnel. La photo trônerait pour toujours
sur leur table de nuit, elle en avait d'ores et déjà acheté le
cadre. Tous deux furent contents de la fête, du soliste à
l'orgue Hammond; ils dansèrent — bien qu'il eût affirmé
être un piètre danseur. Leurs familles s'entendaient bien
entre elles. Son grand-père préféré, un tailleur de pierre
souffrant de pneumoconiose, leur offrit une statue : une
jeune femme nue qui lui ressemblait. Son père leur donna
une enveloppe avec de l'argent.

Alexandra n'avait pas peur ; avec cet homme, il n'y aurait
aucun problème. Tout était conforme à ce qu'elle s'était
imaginé. Il était prévenant, elle croyait le connaître.

*

La première fois qu'il la frappa, ce fut bien avant la nais-
sance de l'enfant. Il rentra ivre à la maison, en pleine nuit.
Elle se réveilla et lui fit remarquer qu'il empestait l'alcool.
Ça n'avait guère d'importance, elle le disait juste comme

ça. Il lui hurla dessus et arracha les draps du lit. Alors qu'elle se redressait, il la frappa au visage. De peur, elle ne put rien dire.

Le lendemain matin, il pleurait. Il lui dit que c'était la faute de l'alcool. Elle n'aima pas le voir assis sur le sol de la cuisine. Il lui dit que jamais plus il ne boirait. Lorsqu'il partit au travail, elle nettoya l'appartement de fond en comble. Ce jour-là, elle ne fit rien d'autre. Ils étaient mariés, c'est le genre de chose qui arrive, pensait-elle, un faux pas, rien de plus. Plus jamais ils n'en parlèrent.

Pendant la grossesse d'Alexandra, tout était de nouveau comme auparavant. Il lui apportait des fleurs lorsque arrivait le week-end, il posait sa tête sur son ventre et essayait d'entendre le bébé. Il la caressait. À sa sortie de l'hôpital après l'accouchement, il avait tout rangé. Il avait peint la chambre d'enfant en jaune et acheté une table à langer. Sa belle-mère avait disposé des affaires neuves pour le bébé — au-dessus de la porte, une guirlande de fleurs en papier.

On baptisa la petite fille; il avait voulu l'appeler Chantal mais, au dernier moment, ils se décidèrent pour Saskia. Alexandra était heureuse.

Depuis la naissance, il ne couchait plus avec elle. Elle avait tout de même essayé à plusieurs reprises — il ne voulait plus. Elle se sentait un peu délaissée mais elle avait son enfant et s'accommodait de la situation. Une amie l'avait informée que ce genre de choses pouvait arriver lorsque le père assistait à l'accouchement. Il reviendrait de lui-même. Elle ne savait pas si c'était vrai.

*

Quelques années plus tard, les temps furent plus durs, les ventes de voitures étaient moroses, ils devaient rembourser le prêt pour l'appartement. Ils s'en sortaient tout de même mais il buvait plus qu'auparavant. De temps à autre, le soir, elle sentait un parfum étranger — elle ne pipait mot. Ses amies avaient bien plus de problèmes avec leurs époux, la plupart d'entre elles avaient divorcé.

Ça commença à Noël. Elle avait dressé la table, nappe blanche et argenterie de la grand-mère. Saskia avait cinq ans, elle indiquait où devaient être accrochées les boules du sapin. À six heures et demie, elle alluma les bougies. Lorsqu'elles furent complètement consumées, il n'était toujours pas de retour. Elles dînèrent seules puis elle coucha Saskia. Elle lui fit la lecture de son nouveau livre jusqu'à ce qu'elle fût endormie. Elle avait téléphoné à ses parents et à ses beaux-parents ; tous, ils s'étaient fêté un joyeux Noël, une famille normale. Et lorsqu'ils avaient voulu parler à son mari, Alexandra avait répondu qu'il avait fait un saut à la station-service pour y acheter des allumettes.

Il le fit en silence. Jadis, il avait été boxeur et savait porter les coups pour faire mal. Bien qu'il fût ivre, il frappa avec précision. Il tapa de manière mécanique et avec force, dans la cuisine, entre le comptoir américain où ils prenaient le petit déjeuner et le frigo. Il ne la cogna pas au visage. Sur la porte du frigo étaient collées des photos d'enfants et des fleurs Pril. Elle se mordait la main pour ne pas crier, elle pensait à Saskia. Il la tira par les cheveux sur le sol pour l'emmener dans la chambre. Lorsqu'il la sodomisa en la violant, elle crut qu'elle allait se déchirer en son milieu. Il jouit rapidement puis il la poussa hors du lit et s'endormit. Elle resta étendue par terre, incapable de bouger. Au bout d'un moment, elle parvint à gagner la salle de bains. Sa peau s'était déjà colorée, il y avait du sang dans son urine. Elle resta longtemps dans la baignoire, suffisamment longtemps pour pouvoir de nouveau respirer tranquillement. Elle ne parvenait pas à pleurer.

Le premier jour d'après les congés de Noël, elle trouva assez de force pour lui dire qu'elle partait chez sa mère avec Saskia. Il quitta l'appartement avant elle. Elle fit sa valise et la porta dans l'ascenseur. Saskia était contente. Lorsqu'elles arrivèrent en bas, il se tenait debout dans l'encadrement de la porte. Il lui prit la valise des mains, doucement. Saskia demanda s'ils allaient, ou non, chez sa mamie. Il prit sa fille de la main gauche et la valise de la droite, il retourna à l'ascenseur. Dans l'appartement il posa la valise sur le lit et regarda son épouse. Il hochait la tête.
«Où que t'ailles, je te retrouverai», assura-t-il.
Dans le couloir, il prit Saskia sur son bras: «Viens, on va au zoo.
— Chouette!» s'exclama la fillette.
Ce n'est qu'une fois la porte refermée qu'Alexandra put de nouveau sentir ses mains. Elle avait serré le fauteuil avec tant de force qu'elle s'en était cassé deux ongles. Le soir même, il lui brisa une côte. Elle dormit à même le sol. Elle ne ressentait plus rien.

*

Il s'appelait Felix. Il louait l'un des petits appartements dans l'arrière-cour. Quotidiennement, elle le voyait passer en bicyclette. Il l'avait toujours saluée au supermarché, et lorsqu'un jour elle s'était cambrée dans le hall de l'immeuble à cause de douleurs aux reins, il l'avait aidée à porter ses cabas. Pour l'heure, il se tenait debout devant la porte.

« Vous auriez du sel ? dit-il. OK, c'est vraiment nul comme prétexte, j'admets. Un café avec moi, ça vous tente ? »

Tous deux, ils rirent. Elle avait mal aux côtes. Elle s'était habituée aux coups, plus que quatre ou cinq ans à tenir — puis Saskia serait assez grande, elle avait neuf ans déjà.

Elle aimait l'appartement de Felix. Il était chaleureux, son sol clair, des livres sur d'étroits rayonnages en bois, un matelas avec des draps blancs. Ils parlèrent de littérature, ils écoutèrent des Lieder de Schubert. Il avait l'air d'un grand adolescent, un peu triste peut-être, pensa-t-elle. Il lui dit qu'elle était belle et ils se turent un long moment. En regagnant son appartement, elle pensait qu'elle n'en avait pas tout à fait fini avec son calvaire. Cette nuit encore, elle dut dormir par terre, à côté du lit — mais ça lui parut plus supportable.

Au bout de trois mois, ils couchèrent ensemble. Elle ne voulait pas qu'il la vît nue, ne voulait pas qu'il vît les ecchymoses ni les écorchures — elle baissait les stores et se déshabillait sous les draps. Elle avait trente et un ans, il n'avait que peu d'expérience mais c'était la première fois, depuis la naissance de Saskia, qu'un homme couchait vraiment avec elle. Elle aimait sa manière de la prendre.

Lorsqu'ils avaient fini, ils restaient allongés dans l'obscurité de la pièce. Il parlait des voyages qu'il voulait faire avec elle, de Florence, de Paris et d'autres lieux où elle n'était jamais allée. Ça se passait le plus simplement du monde, elle aimait écouter sa voix. Elle ne pouvait rester que deux heures, lui assurant qu'elle aurait voulu s'attarder encore, elle l'avait dit juste comme ça, ce ne devait être qu'un mot doux. Elle réalisa cependant qu'elle le pensait vraiment.

Un jour, elle n'avait pas retrouvé ses bas. Ils en rirent. Sans prévenir, il alluma la lumière. Elle tira le drap sur elle mais il était trop tard. Elle vit la colère dans ses yeux, il dit qu'il allait appeler la police, qu'on devait le faire sans plus tarder. Elle mit longtemps à l'en dissuader, lui rétorqua qu'elle avait peur pour sa fille. Il ne voulait rien entendre, ses lèvres tremblaient.

*

Deux mois plus tard arrivèrent les grandes vacances. Ils emmenèrent Saskia chez ses parents à elle, à la campagne, la petite adorait y passer du temps. Sur le trajet du retour, Thomas dit : « Maintenant, tu vas apprendre à obéir. » Felix lui avait envoyé un SMS. Elle lui manquait, elle le lut dans les toilettes du restaurant sur l'autoroute. Ça sentait l'urine — qu'importe ! Felix lui avait dit que son mari était un sadique, qu'il prenait plaisir à l'humilier et à la blesser. Qu'il était dérangé, que ça pouvait la mettre en danger, qu'il devait être pris en charge. Mais elle devait partir, sans plus tarder. Elle ne savait que faire. Elle ne pouvait pas le raconter à sa mère, elle avait honte. Elle avait honte pour lui comme pour elle-même.

*

Le 26 août, la veille du retour de Saskia, ils étaient convenus d'aller la chercher et de rester une nuit chez ses parents. Ils iraient ensuite passer une semaine à Majorque, les billets étaient sur la table, dans le couloir. Elle pensait que là-bas ça irait mieux. Ces derniers jours, en l'absence de sa fille, il avait beaucoup bu. Elle pouvait à peine marcher. Au cours des deux semaines passées, il l'avait sodomisée quotidiennement et forcée à lui faire des fellations, il l'avait frappée, cognée et obligée à manger dans une écuelle à même le sol. Elle devait être nue en sa présence, elle dormait par terre au pied du lit, il l'avait également privée de couverture. Elle n'avait pas pu voir Felix, lui avait juste écrit qu'elle n'allait pas bien.

« Maintenant Saskia est mûre. Elle a dix ans. J'ai attendu. Lorsqu'elle sera revenue, je la prendrai aussi », lança-t-il au cours de la dernière nuit.

Elle ne comprit pas ce qu'il voulait dire. Elle lui demanda ce qu'il entendait par là.

« Je vais la baiser comme je te baise. Elle est prête. »

Elle cria et se rua sur lui. Il se leva et la frappa au ventre. C'était un coup dur et précis. Elle vomit, il se retourna et lui dit de nettoyer. Une heure plus tard, il s'étendit sur le lit.

*

Son mari ne ronflait plus. Il avait toujours ronflé, dès les premières nuits, lorsqu'ils étaient heureux. Au début, ç'avait été étrange, un autre homme, avait-elle pensé jadis,

une autre voix. Peu à peu, elle s'y était habituée. Voilà
maintenant onze ans qu'ils étaient mariés. Il n'y aurait pas
de seconde vie, il n'y avait que cet homme et cette vie-là.
Elle était assise dans la pièce voisine et écoutait la radio.
Elle ne connaissait pas ce qui était diffusé. Elle regardait
dans le vide. Plus que deux heures et le jour se lèverait ; elle
devrait bien réussir à aller dans la chambre à coucher, dans
sa propre chambre à coucher.

*

Son père m'avait prié d'assurer sa défense. J'allai chercher une autorisation de visite. Le procureur en charge du
dossier se nommait Kaulbach, un homme costaud et intelligent qui s'exprimait par de courtes phrases.
« Une horrible histoire, dit-il. Chez nous, peu de meur-
tres. En l'espèce, il n'y a aucun doute. »
Kaulbach me montra les photos prises sur les lieux du
crime.
« Elle a frappé son mari avec une statue. Pendant son
sommeil.
— La médecine légale n'est pas en mesure d'affirmer
qu'il dormait », répondis-je.
Je savais que ce n'était pas un bon argument.

Le problème était simple. Un homicide ne se distingue
pas d'un meurtre en raison de sa « préméditation » comme
cela est affirmé dans les thrillers. Si tout meurtre est un
homicide, un meurtre est plus qu'un homicide. Lorsqu'un
homicide correspond à certains critères, alors il s'agit d'un
meurtre. Ce qui constitue un meurtre ne revêt nul caractère

facultatif, c'est inscrit dans la loi. Il y a meurtre lorsque le coupable tue pour « satisfaire des pulsions sexuelles », par « cupidité » ou pour d'autres « mobiles abjects ». Certains qualificatifs caractérisent la *manière* de tuer, comme « sournoise » ou « cruelle ». Si le juge estime que l'homicide revêt l'un de ces caractères, il s'agit donc d'un meurtre — alors il n'a pas le choix : il doit condamner l'accusé à la réclusion criminelle à perpétuité. En cas d'homicide, il jouit d'une plus grande liberté : il le condamne à une peine de prison ferme de cinq à quinze ans.

Kaulbach avait raison. Lorsqu'un homme est tué pendant son sommeil, il est dans l'incapacité de se défendre. Il ignore qu'il est agressé, il est donc vulnérable. Le coupable agit alors sournoisement : il commet un meurtre et encourt la réclusion criminelle à perpétuité.

« Regardez les photos, dit Kaulbach. L'homme était allongé sur le dos. Sur ses mains, aucune trace de lutte. La couverture est tirée sur lui, normalement. Ils ne se sont pas battus. Personne ne peut en douter : il dormait. »

Le procureur savait ce qu'il disait. On avait l'impression que le visage de l'homme avait été pilonné par le socle de la statue. Partout, des éclaboussures de sang, même la photo sur la table de nuit en était couverte. Les jurés n'apprécieraient pas ces images.

« De plus, votre cliente est passée aux aveux aujourd'hui. »

Ça, je ne le savais pas encore. Je me demandai ce que je devais faire dans ce dossier. Je ne pourrais rien entreprendre pour elle.

« Merci, dis-je. Maintenant, je lui rends visite. Nous pourrons en reparler tout à l'heure. »

*

Alexandra était couchée à l'infirmerie de la maison d'arrêt. Elle souriait comme l'on sourit lors de la visite d'un inconnu à l'hôpital. Elle se redressa sur son lit et passa un peignoir. Il était trop grand, elle avait l'air perdue. Le sol était en linoléum, ça sentait les produits désinfectants, l'un des bords du lavabo était fendu. À ses côtés, il y avait une autre femme, seul un rideau jaune séparait leurs deux lits.

Je restai assis dans sa chambre pendant trois heures. Elle me raconta son histoire. Je fis photographier son corps tuméfié. Le rapport médical faisait quatorze pages, la rate et le foie étaient perforés, les deux reins meurtris, épanchement de sang sous de grandes surfaces de peau. Deux côtes étaient cassées, six autres montraient de vieilles fêlures.

Trois mois plus tard l'audience s'ouvrit. Le président était sur le point de prendre sa retraite. Un visage sec, coupe en brosse, cheveux gris, lunettes sans monture apparente — il n'était pas à sa place dans la salle moderne. Un architecte l'avait imaginée dans le style de l'époque, avec des fauteuils moulés en plastique vert clair et des tables Resopal blanches; c'était censé représenter quelque chose dans le genre d'une justice démocratique. Ça n'avait rien changé aux verdicts. Le président fit le rappel des faits, il acta la présence des différentes parties. Puis il interrompit les débats, l'assistance fut congédiée et Alexandra reconduite au dépôt. Il attendit que le calme fût de retour.

«Mesdames, Messieurs, je vous le dis à cœur ouvert, commença-t-il d'une voix traînante, à l'intonation fatiguée, j'ignore ce que nous devons faire. Nous allons mener l'audience à son terme et étudier le dossier. Mais je ne veux pas condamner l'accusée, elle a souffert de cet homme pendant dix ans, il l'a presque battue à mort. Sa fille était probablement la prochaine victime sur la liste.»

J'ignorais ce que je devais dire. À Berlin, le Parquet aurait immédiatement récusé le juge pour partialité — tenir des propos si directs en ouverture d'une audience aurait été impensable. Ici, à la campagne, il en allait autrement. La proximité entre les gens était plus grande — tous ensemble, nous devions sortir de cette tragédie la tête haute. Ce que pensait le Parquet ne revêtait aucune importance aux yeux du président — Kaulbach resta assis, sans broncher.

«Je vais devoir la condamner. La loi m'y contraint», dit-il. Il me regarda. «À moins que quelque chose ne vous vienne à l'esprit. Je vous laisse le champ libre.»

Le procès ne dura que deux jours. Il n'y avait pas de témoin. Alexandra raconta son histoire. Le médecin légiste exposa l'autopsie de la victime et s'attarda davantage sur les sévices subis par Alexandra. On clôtura l'instruction à l'audience. Le procureur parla de meurtre, il parlait sans émotion, son réquisitoire ne comptait aucun mot superflu. Il dit que tout plaidait en la faveur de l'accusée pour qu'elle fût condamnée à une peine moins lourde. Il dit également qu'il n'y avait, en cas de meurtre, nulle possibilité légale d'atténuer la peine — ainsi l'avait voulu le législateur. C'est pourquoi la seule sanction idoine était la réclusion criminelle à perpétuité. Mon plaidoyer devait suivre le lendemain. En attendant, l'audience avait été suspendue.

Avant de quitter la salle, le président m'appela, ainsi que le procureur, au banc des magistrats. Il avait enlevé sa robe. Il portait une veste verte, sa chemise était fripée et couverte de taches.

«Vous avez tort, Kaulbach, dit-il au procureur. Bien sûr qu'il n'y a pas de circonstances atténuantes en cas de meurtre — mais d'autres possibilités existent.»

À chacun d'entre nous il distribua des photocopies.

«Vous avez jusqu'à demain pour étudier cet arrêt. J'attends de vous quelque chose d'intelligent.»

Ça m'était destiné.

Je connaissais cet arrêt. La chambre haute de la Cour fédérale de justice avait estimé que la peine en cas de meurtre n'était pas incompressible. Même la réclusion criminelle à perpétuité devait pouvoir être atténuée dans des cas exceptionnels. Je plaidai en ce sens, rien de mieux ne me vint à l'esprit.

La Cour acquitta Alexandra. Le président estima qu'elle avait agi en situation de légitime défense. C'est une notion juridique compliquée. Pour pouvoir parler de légitime défense, l'agression doit avoir lieu concomitamment à la défense, ou juste avant. Qui se défend ne peut être condamné. Le problème résidait en ce qu'une personne endormie est dans l'incapacité d'agresser qui que ce soit. Jamais encore une juridiction de première instance n'avait considéré qu'une agression eût pu avoir lieu alors que l'agresseur dormait encore. Le président assura qu'il s'agissait d'une décision prise dans un cadre particulier, une exception qui ne valait que pour cette affaire. Alexandra n'avait pu attendre qu'il se réveillât. Elle avait voulu protéger sa fille, et elle était en droit d'agir comme elle l'avait fait. Elle-même avait toutes les raisons de craindre pour sa vie. La Cour annula le mandat et leva la détention provisoire. Plus tard, le président convainquit le procureur de ne pas interjeter appel.

Une fois l'arrêt prononcé, je me rendis dans le café d'en face. On pouvait s'y asseoir en terrasse, sous un gigantesque marronnier. Je songeais au vieux président, au déroulement hâtif du procès et à mon maigre plaidoyer : j'avais demandé une peine moins sévère et la Cour l'avait acquittée. Subitement, il me vint à l'esprit que nous n'avions auditionné aucun expert à propos des empreintes digitales. Je regardai dans le dossier, sur mon ordinateur : nous n'avions pu trouver aucune trace sur la statue, le coupable devait porter des gants. La statue pesait quarante et un kilos, Alexandra guère plus. La hauteur du lit excédait cinquante centimètres. Je relus sa déposition : elle y disait qu'elle s'était assise dans la chambre d'enfant après les faits, jusqu'à ce que le jour se fît. Ensuite, à l'en croire, elle avait appelé la police. Elle ne s'était pas douchée, ni ne s'était changée. Une centaine de pages plus loin, les photos de ses vêtements : elle portait une blouse blanche — aucune trace de sang. Le président avait de l'expérience, ça n'avait pu lui échapper. Je refermai mon ordinateur. C'était la fin de l'été, les tout derniers jours, ici le vent était encore chaud.

Je la vis sortir du palais de justice. Felix l'attendait dans un taxi. Elle s'installa à ses côtés, sur la banquette arrière.

Il prit sa main dans la sienne. Il l'accompagnerait chez ses parents, elle prendrait Saskia dans ses bras et le reste appartiendrait au passé. Ils seraient doux et attentionnés l'un envers l'autre. Ce n'est qu'alors qu'elle pourrait serrer cette main, celle qui avait assassiné son mari.

LA FAMILLE

Au baccalauréat, Waller obtint les meilleures notes de tout Hanovre. Son père était tresseur de fer, un petit homme aux épaules tombantes. Il avait réussi, on ne sait comment, à permettre à son fils d'aller au lycée bien que sa femme l'eût quitté. Elle avait abandonné l'enfant. Seize jours après le bac de Waller, il mourut. Il glissa et tomba dans le lit de ciment frais d'un chantier. Il tenait une canette de bière. Ils ne purent arrêter la machine à temps, il se noya dans le béton.

En plus de Waller, deux collègues de travail se rendirent à l'enterrement. Waller portait l'unique costume de son père. Il lui allait comme un gant. Il avait le visage carré de son père et les mêmes lèvres fines. Seuls ses yeux étaient différents. Et son caractère.

La fondation universitaire allemande proposa une bourse à Waller. Il la refusa. Il acheta un billet pour le Japon, mit ses affaires dans une valise et s'envola pour Kyoto. Pendant un an au cours duquel il apprit le japonais, il resta dans un monastère. Ensuite, il déposa sa candidature chez un constructeur de machines allemand installé à

Tokyo. Au bout de cinq ans, il était responsable d'agence. Il logeait dans une pension bon marché. Tout l'argent qu'il gagnait, il le plaçait sur un compte d'investissement. Un constructeur automobile japonais le débaucha. En six ans, il avait atteint le poste le plus élevé auquel un étranger pouvait prétendre. Entre-temps, sur son compte, s'étaient accumulés autour de deux millions d'euros; il logeait toujours à la pension, il n'avait pratiquement rien dépensé. Il avait maintenant trente et un ans. Il démissionna et déménagea pour Londres. Au bout de huit ans, il avait gagné presque trente millions en bourse. À Londres également, il n'occupait qu'une minuscule chambre. À trente-neuf ans, il acheta un manoir au bord d'un lac bavarois. Il ne plaçait dorénavant son argent que dans les emprunts d'État et avait cessé de travailler.

Un été d'il y a quelques années, j'avais loué une maisonnette pour trois semaines au bord de ce lac. On pouvait apercevoir le manoir à travers les arbres, aucune clôture ne séparait les deux terrains. La première fois que je rencontrai Waller, c'était sur l'embarcadère devant ma maison. Il se présenta et me demanda s'il pouvait s'asseoir. Nous étions à peu près du même âge. C'était une chaude journée, nous avions les pieds dans l'eau et regardions les dériveurs et les planches à voile bigarrées. De peu parler ne nous dérangea pas le moins du monde. Au bout de deux heures, il retourna chez lui.

L'été suivant, nous avions rendez-vous dans le hall du grand hôtel Frankfurter Hof. J'arrivai un peu en retard, il m'attendait déjà. Nous bûmes du café, j'étais fatigué par ma journée d'audience. Il me dit que je devais revenir vite, que, tous les matins, des hérons volaient au-dessus du lac et de la maison — une nuée gigantesque. Pour finir, il me demanda s'il pouvait m'envoyer un dossier.

Quatre jours plus tard, je reçus le dossier. C'était l'histoire de sa famille, une agence de détectives en avait réuni tous les éléments.

Un an après sa rupture, la mère de Waller s'était remariée et avait eu un second fils : le demi-frère de Waller, Fritz Meinering. Alors que Fritz était âgé de deux ans, son père abandonna la famille. Sa mère mourut d'alcoolisme lorsqu'il rentra à l'école. Meinering fut admis dans un foyer pour enfants. Il voulait devenir menuisier. Le foyer lui trouva une place en apprentissage. Il commença à boire avec des amis. Rapidement, il but tant qu'il se trouva dans l'incapacité d'aller au travail. On mit un terme à son apprentissage et il quitta le foyer.

Ensuite vinrent les actes de délinquance : vols, coups et blessures, délits routiers. À deux reprises, il purgea de courtes peines. Pour la fête de la bière, à Munich, il avait tant bu qu'il avait un taux d'alcoolémie de 3,2 g/L. Il chercha des noises à deux femmes et fut condamné pour état d'ivresse. Il lâcha prise, perdit son appartement et dormait dans des foyers pour sans-abris.

Un an après les événements de la fête de la bière, il braqua une épicerie. Au juge, il ne dit rien de plus qu'il avait besoin d'argent. Il était encore tellement ivre de la nuit précédente que la vendeuse avait pu le mettre hors d'état de nuire avec un ramasse-poussière. Il fut condamné à une peine de prison ferme de deux ans et demi. Parce qu'il avait suivi une cure de désintoxication, il fut libéré plus tôt.

L'espace de quelques mois, il parvint à rester sobre. Il se trouva une compagne. Ils emménagèrent ensemble, elle était vendeuse. Jaloux, un jour qu'elle rentrait trop tard à la maison, il la frappa à l'oreille gauche avec un couvercle — ce qui perça son tympan.

En prison, Fritz Meinering fit la connaissance d'un trafiquant de drogue. Ils furent remis en liberté à une semaine d'intervalle. L'homme persuada Meinering d'importer de la cocaïne en Allemagne depuis le Brésil. Meinering reçut cinq cents euros et on lui fournit le billet d'avion. La police avait obtenu un bon tuyau ; il fut appréhendé à Rio de Janeiro, dans son taxi, sur le chemin de l'aéroport. Dans sa valise, on trouva douze kilos de cocaïne pure. Il était emprisonné là-bas, en attente de son procès.

Le dossier n'en disait pas plus. Après avoir tout lu, j'appelais Waller. Il me demanda si je pouvais organiser la défense de son demi-frère au Brésil. Il ne voulait avoir aucun contact avec celui-là mais pensait qu'il lui fallait faire ce geste. Je devais prendre un vol pour Rio, trouver des avocats, m'entretenir avec l'ambassade, bref, m'occuper de tout. J'acceptai.

*

La prison de Rio n'avait pas de cellules mais des cages à barreaux pourvues de fines couchettes. Les hommes y étaient assis, les pieds serrés, le sol était humide. Des cafards couraient sur les murs. Meinering était complètement

négligé. Je l'informai qu'un homme tenant à son anony-
mat avait payé pour sa défense.

J'engageai un avocat compétent. Meinering fut
condamné à deux ans de prison ferme. Plus tard, il fut
transféré en Allemagne pour son procès. En raison de
l'état catastrophique des geôles locales, un an de réclusion
au Brésil équivaut à trois ans en Allemagne — le dossier fut
donc clôturé. On libéra Meinering.

Après trois semaines, il eut une altercation avec un Russe
dans un bar. La cause en était une demi-bouteille de ver-
mouth. Tous les deux, ils étaient ivres. Le patron les mit
à la porte. Devant le bar, il y avait des travaux. Meinering
empoigna une lampe de chantier et frappa son adversaire
à la tête. Le Russe s'effondra. Meinering voulait rentrer
chez lui. Il avait perdu tout sens de l'orientation et longea
la palissade jusqu'à ce qu'il eût fait le tour du chantier. Une
vingtaine de minutes plus tard, il se retrouva devant le bar.
Entre-temps, le Russe avait rampé sur une courte distance,
il saignait et avait besoin d'aide. La lampe de chantier était
restée sur place. Meinering la prit et frappa le Russe jusqu'à
la mort. Il fut arrêté sur les lieux du crime.

*

Lors de mon passage suivant à Munich, je me rendis
directement chez Waller.

« Et maintenant, que comptez-vous faire ? lui demandai-je.

— J'en sais rien, répondit-il. Je ne veux plus rien faire
pour lui. »

C'était une belle journée lumineuse. La maison jaune

aux volets verts brillait dans le soleil. Nous nous assîmes en contrebas, non loin du hangar à bateaux. Waller portait un short beige et des chaussures en coton blanches.

« Patientez un instant, je vais chercher quelque chose. »

Il remonta vers la maison. Sur la terrasse, au-dessus de nous, une jeune femme était étendue. Le lac était presque d'huile.

Waller revint et me remit une photo.

« C'est mon père », dit-il.

C'était un tirage polaroïd des années soixante-dix. Les couleurs en étaient défraîchies, il avait maintenant un ton jaune-orange. L'homme sur la photo ressemblait à Waller.

« Quatre fois, il a été en prison, dit-il, trois fois pour des bagarres qu'il avait provoquées, une fois pour vol : il s'était servi dans la caisse. »

Je lui rendis la photo. Waller la glissa dans sa poche.

« Son propre père fut condamné à mort par les nazis en 1944. Il avait violé une femme », continua-t-il.

Il s'assit sur l'une des chaises et regarda en direction du lac. Deux dériveurs faisaient la course. Le bleu semblait être en tête. Puis le rouge changea de cap et renonça. Waller se leva et alla vers le barbecue.

« Ce sera bientôt prêt. Vous restez, n'est-ce pas ?

— Oui, répondis-je, avec plaisir. »

Il piqua dans les braises avec une fourchette.

« Après nous, on fera rien de mieux », lâcha-t-il subitement.

Il n'ajouta rien de plus.

Son amie descendit se joindre à nous et nous parlâmes d'autre chose. Après le repas, il me raccompagna à ma voiture. Un homme seul à la bouche fine.

Quelques années plus tard, on apprenait dans le journal que Waller était mort, qu'il était tombé de bateau au plus fort d'une tempête et qu'il s'était noyé. Il avait légué sa fortune au monastère japonais et sa demeure à la communauté catholique bavaroise du lac. Cet homme m'était sympathique.

TOP SECRET

Deux semaines durant, chaque matin, l'homme venait à mon cabinet. Il s'asseyait toujours à la même place, dans la grande salle de réunion. La plupart du temps, il gardait son œil gauche fermé. Fabian Kalkmann était fou.

Dès notre premier entretien, il me confia qu'il était poursuivi par les services secrets. La CIA et le BND. Qu'il était au courant d'un secret après lequel ils couraient. Rien que ça.

« Ils me poursuivent, vous comprenez ?

— Pas vraiment, dis-je.

— Avez-vous déjà vu un match de foot au stade ?

— Non.

— Vous devriez y aller. Ils crient tous mon nom, ils passent leur temps à le crier. Ils crient Mohabit, Mohabit.

— Pourtant vous vous appelez Kalkmann, dis-je.

— Oui, mais pour les services secrets je m'appelle Mohabit. C'est aussi mon nom dans les dossiers de la Stasi. Tout le monde le sait. Ils en ont après mon secret, un grand secret ! »

Kalkmann se pencha en avant.

«Je suis allé chez l'opticien. À cause de mes nouvelles lunettes, vous comprenez. Ils m'ont anesthésié, à travers l'œil. Je suis sorti du magasin de lunettes le lendemain, précisément vingt-quatre heures plus tard. »

Il me regarda.

«Vous ne me croyez pas. Soit. Mais je peux le prouver. Là, dit-il en sortant un petit calepin, là, regardez. Là, il y a tout. »

Dans le calepin était inscrit en lettres capitales : « 26/04, 15 HEURES, ENTRÉE DANS LE LABORATOIRE, 27/04, 16 HEURES, SORTIE DU LABORATOIRE. » Kalkmann referma le calepin et me regarda l'air triomphant.

«Voilà, maintenant, vous avez vu. C'est la preuve. Le magasin de lunettes appartient à la CIA et au BND. Ils m'ont anesthésié et transporté dans la cave. Il y a un grand laboratoire, comme dans James Bond, un laboratoire tout en acier. Pendant vingt-quatre heures, ils m'ont opéré. C'est là qu'ils l'ont fait. »

Il se bascula en arrière.

«Fait quoi ? » demandai-je.

Kalkmann regarda autour de lui. Maintenant il chuchotait. «La caméra. Ils m'ont implanté une caméra dans l'œil gauche. Derrière le cristallin. Voilà. Et maintenant ils voient tout ce que je vois. C'est parfait. Les services secrets peuvent voir tout ce que Mohabit voit», dit-il. Puis d'ajouter, à voix haute : «Mais mon secret, ils l'auront pas ! »

Kalkmann voulait que je porte plainte contre le BND. Et bien sûr contre la CIA. Et contre l'ancien président américain Reagan, de qui tout découlait. Lorsque je lui annonçai que Reagan était mort, il rétorqua: «C'est ce que vous croyez. En réalité, il vit dans le grenier d'Helmut Kohl.»

Il venait chaque matin et m'exposait ce qu'il avait vécu. Un beau jour, c'en fut trop. Je lui dis qu'il avait besoin d'aide. Contre toute attente, il comprit sur-le-champ. J'appelai les urgences psychiatriques et demandai si je pouvais passer avec un patient. Nous y allâmes en taxi. Les autres pièces ayant tout juste été repeintes, nous dûmes nous rendre dans le bâtiment d'exécution des mesures de sécurité. Les portes à vitres blindées se fermèrent derrière nous, nous nous enfoncions de plus en plus profondément dans le bâtiment, un infirmier nous guidait. Enfin, nous nous assîmes dans une antichambre. Un jeune médecin, que je ne connaissais pas, nous pria d'entrer dans son cabinet. Nous prîmes place sur les chaises réservées aux visiteurs, devant un petit bureau. Alors que j'allais expliquer de quoi il retournait, Kalkmann prit la parole:

«Bonjour, je m'appelle Ferdinand von Schirach, je suis avocat.» Il me désigna: «Je vous ai amené M. Kalkmann. Je le soupçonne d'être sacrément dérangé.»

Composition Ütibi.
Achevé d'imprimer
sur Roto-Page
par l'Imprimerie Floch
à Mayenne, le 21 mai 2012.
Dépôt légal : mai 2012.
Numéro d'imprimeur : 82494.

ISBN 978-2-07-013311-6 / Imprimé en France.

181797